Histórias de Porto Alegre

MOACYR SCLIAR

Histórias de Porto Alegre

Fotos de Beto Scliar

L&PM30ANOS

Estes textos de Moacyr Scliar foram publicados em 2000 pela editora Record, com o título *Porto de histórias*. Esta nova edição foi revisada e ampliada pelo autor, tendo ainda inclusão de fotos de Beto Scliar.

Planejamento gráfico: Ivan Pinheiro Machado
Capa: Marco Cena sobre fragmentos de fotos de Beto Scliar
Fotos: Beto Scliar
Revisão: Larissa Roso, Renato Deitos e Jó Saldanha

ISBN 85.254.1349-6

S419h	Scliar, Moacyr, 1937- Histórias de Porto Alegre/ Moacyr Scliar; ilustrações de Beto Scliar. – Porto Alegre : L&PM, 2004. 192 p. : il. fotogr. ; 21 cm. 1.Literatura brasileira-Crônicas-Porto Alegre-História. 2.Porto Alegre-História-Crônicas. 3.Scliar, Beto, il. I.Título. CDU 821.134.3(81)-94

Catalogação elaborada por Izabel A. Merlo, CRB 10/329.

© Moacyr Scliar, 2004

Todos os direitos desta edição reservados à L&PM Editores
Porto Alegre: Rua Comendador Coruja, 314, loja 9 - 90220-180
Floresta - RS / Fone: 0xx (51) 3225.5777
pedidos e informações: info@lpm.com.br
www.lpm.com.br

Impresso no Brasil
Primavera de 2004

Sumário

Pequena história de Porto Alegre 7
Descobrindo a cidade 32
Pequena elegia ao Guaíba 72
Porto Alegre: uma amostra do folclore urbano 80
O clima em Porto Alegre 87
O domingo porto-alegrense 93
O esporte em Porto Alegre 97
A culinária porto-alegrense 106
Uma arqueologia do sexo em Porto Alegre 121
Porto Alegre cultural 130
A política como paixão 147
O porto-alegrês 160
Quem és tu, porto-alegrense? 166
Bibliografia 172

Pequena história de
Porto Alegre

Os primeiros donos da terra

A história, não a história oficial, a história verdadeira, começa, como em toda a América, pelos índios. Hoje umas poucas centenas de pessoas, em sua maioria pobres habitantes dos chamados "toldos", os orgulhosos indígenas do Rio Grande do Sul evoluíram através de diferentes culturas, das quais a última e mais importante é representada pelos guaranis. Os índios ensinaram os brancos a se alimentar de pinhão ("Pinhão quente, tá quentinho o pinhão" foi, durante muito tempo, um pregão característico das noites do inverno porto-alegrense), a tomar chimarrão, a usar boleadeiras; mas isto não os poupou do extermínio. Suas vários tribos são hoje lembradas – uma regra no continente, uma regra que envolve culpa tanto quanto envolve homenagem – em nomes de lugares ou em outros tipos de denominação. Há uma cidade chamada Tapes. Há uma cidade denominada Guarani das Missões. E há uma água mineral batizada de Charrua que, no seu rótulo, tem a figura estilizada de um índio a cavalo empunhando uma lança. Esse índio já não cavalga mais: conquistados "pela espada, pela cruz e pela fome", como diz o historiador Ruggiero Romano, os primeiros habitantes da região foram desaparecendo.

Os colonizadores e seus problemas

Três fatores retardaram a ocupação do território que hoje constitui o Rio Grande do Sul. Em primeiro lugar, o fantástico Tratado de Tordesilhas, firmado em 1494, e pelo qual boa parte do mundo foi, com a intermediação papal, dividida entre Portugal e Espanha. Pelo nebuloso, complicado documento, seriam de Portugal as terras até cem léguas de Açores e de Cabo Verde; da Espanha, as restantes. Só que Açores e Cabo Verde são dois arquipélagos diferentes, a uma boa distância um do outro, o que aumentou a confusão. Para resolver o problema foi traçada a famosa linha de Tordesilhas, que tornava o atual Rio Grande do Sul território espanhol. Mas esse meridiano era ideal. Não correspondia a muros, ou cercas, ou mesmo a acidentes geográficos, de modo que a demarcação deixava dúvidas. Por causa disso, nenhuma iniciativa de ocupação foi tomada. Mesmo porque o Rio Grande do Sul fica na ponta do Brasil, distante dos lugares que foram povoados primeiro: o Nordeste, o Rio de Janeiro, São Paulo. A isto se acresce uma terceira dificuldade, de ordem operacional. A costa do Rio Grande do Sul é reta, arenosa, ventosa (e bota vento nisso: veranear ali envolve boa medida de heroísmo), sem portos ou ancoradouros que facilitassem o acesso de embarcações.

Claro, essa situação não duraria muito tempo. Em começos do século 17, jesuítas espanhóis, vindos do Paraguai, estabeleceram reduções – aldeamentos povoados por indígenas – em vários pontos da região. Os portugueses não ficaram atrás; lá de cima, de São Paulo, vinham os bandeirantes paulistas, em busca de escravos indígenas para a lavoura, numa época em que ainda não era possível "importar" escravos negros da África. Os melhores lugares para encontrar índios eram as reduções jesuíticas, e os paulistas não hesitaram: partiram para o ataque (em geral, levavam a melhor, mas em 1639 os guaranis reagiram e deram uma surra nos invasores).

Por volta de 1640, os jesuítas foram forçados a abandonar o Rio Grande. Deixaram à solta o gado criado nas reduções, gado este que, bravio, reproduziu-se extraordinariamente: era a *vacaria del mar*. A *vacaria*, que deu nome a uma cidade, se constituiu na primeira riqueza natural da região. Falando em riqueza, o estuário do rio da Prata era o escoadouro para a prata das famosas minas de Potosi. Ou seja: já havia o que disputar na região. O cenário estava pronto para uma briga de proporções.

Começa a briga

Os portugueses não dormiram no ponto. Em 1680, fundaram, na margem norte do estuário do Prata, a Colônia de Sacramento. Para ali vinham expedições de Laguna, no litoral catarinense, expedições estas que depois aventuravam-se pelo interior do território. A Colônia era, pois, uma cabeça-de-ponte estratégica, coisa que os espanhóis não podiam tolerar: várias vezes cercaram e tomaram o lugar; várias vezes os portugueses o reconquistaram. Uma das expedições enviadas pelos portugueses para socorrer Sacramento, e que era comandada pelo brigadeiro José da Silva Paes, estabeleceu, no lugar onde hoje é a cidade do Rio Grande, no extremo Sul do Estado, a fortaleza (ou, na linguagem da época, presídio) de Jesus-Maria-José. Em 1750, pelo Tratado de Madrid, Portugal cedeu à Espanha a Colônia de Sacramento, recebendo em troca, além da Ilha de Santa Catarina, os Sete Povos das Missões.

Quando falamos nas Missões estamos nos reportando a uma das mais importantes experiências sociais da América. Organizados em comunidades, os indígenas, orientados pelos jesuítas (que haviam retomado o trabalho missioneiro), produziram obras de arte sacra e uma arquitetura verdadeiramente monumental: as ruínas que restam na região até hoje nos assombram.

Os guaranis, que obviamente não tinham sido consultados acerca de um tratado que afinal envolvia suas vidas, se revoltaram. Dessa vez tiveram de brigar contra portugueses e espanhóis. Os indígenas eram comandados por Sepé Tiaraju (morto em combate, em 1756), que era militar e um valente guerreiro. A ele se atribui a famosa frase "Esta terra tem dono".

Como resultado desses conflitos, os espanhóis adonaram-se de boa parte do território do atual Rio Grande. Os portugueses tiveram de estabelecer a capital na cidade de Viamão, próxima à atual Porto Alegre;

mais tarde, porém, ampliaram de novo seus domínios, conquistando, em 1801, as terras que haviam sediado as Missões. A paz entre Portugal e Espanha foi selada pelo Tratado de Badajoz, mas aí surgiram novos focos de conflito: eram as lutas pela independência. Em 1810, a Argentina libertou-se da tutela espanhola. Depois, o caudilho José Gervásio Artigas rebelou-se e tomou Montevidéu; começavam as chamadas Guerras Cisplatinas. Portugueses e espanhóis atacaram os rebeldes, e em 1821 a Província Cisplatina foi incorporada ao Brasil. Nova guerra, e dessa vez a província ficou independente, com o nome de Uruguai.

Aos conflitos externos sucederam-se os conflitos internos. Em 1835, a então Província de São Pedro se rebelaria contra o governo central; foi a Revolução Farroupilha, que durou dez anos. Proclamada a República, houve ainda a Revolução Federalista, opondo facções políticas rivais, e que se caracterizou pela ferocidade: a regra era degolar o inimigo. Mais sobre isto daqui a pouco.

Chega gente de paz

Com essa história de brigas pode-se entender a origem do machismo gaúcho. E também do caudilhismo, que aliás marcou o Brasil, Getúlio Vargas sendo disso o exemplo mais eloquente. Só que com caudilhos e guerreiros dá para conquistar territórios e defender fronteiras, mas não dá para povoar uma região. Para isto é preciso gente humilde, pacífica, gente que tenha família e que não fuja ao trabalho. Os portugueses já tinham percebido que dominar militarmente uma região não significa mantê-la. Para que se desenvolva, é preciso que seja povoada por famílias, capazes de formar uma comunidade. De modo que muito cedo a Província de São Pedro começou a receber colonos, não de Portugal continental, mas, via Laguna, dos Açores. Nesse arquipélago do Atlântico Norte, a presença portuguesa datava do século 15; a sua população dedicava-se principalmente à agricultura. Além disso, a região passava por uma crise econômica, de modo que os próprios habitantes queriam emigrar, e o Brasil era um destino preferencial. O Rio Grande de então não era considerado propriamente um paraíso: lugar ermo, isolado, rodeado de inimigos – isto sem falar em outros males. Num soneto recolhido por Camilo Castelo Branco, o anônimo autor queixa-se de que a terra: "...de moscas, pulgas, bichos é bem cheia; / não sei quem tanto inseto aqui semeia / Para causar às gentes nojo e dano". Admite que "(...) há nos campos muitos gados" *(sic)*, mas finaliza: "Esta é do Rio Grande a habitação/ onde purgando estou os meus pecados".

Purgativo é este soneto, comentou, irritado, Castelo Branco. Também José da Silva Paes, por razões óbvias, não partilhava dessas opiniões. Gaba a salubridade da região, "sem sezões (malária) nem febres malignas". E acrescenta, entusiasmado: "Mulheres que eu tinha mandado do Rio as mais corridas *(isto é, promíscuas)* e galicadas *(portadoras de doenças sexualmente transmissíveis; a sífilis era conhecida como mal gálico)* melhoraram e pariram quase todas". Com essa propa-

ganda, o Rio Grande do Sul poderia se ter tornado um lugar de peregrinação para pessoas em busca de curas mágicas; mas naquela época a divulgação de tais prodígios ainda era escassa, de modo que a população continuou pequena.

Nasce o gaúcho

Na estância nasceu, em fins do século 17, a primeira riqueza do Rio Grande: o gado, que era criado solto no campo. O pampa era para isto ideal; uma enorme extensão territorial, praticamente plana, a não ser pelas coxilhas, suaves ondulações que dão à região o aspecto de um imenso mar verde. É o lugar do latifúndio, o domínio do estancieiro.

O gado era abatido pelos gaúchos, de início, em campo aberto, algo que certamente não era muito agradável de ver e que deve ter contribuído para criar a fama do gaúcho como grosso. A carne era exportada: salgada, sob a forma de charque, ou então como "gado em pé", conduzido pelos tropeiros.

O gaúcho é o grande personagem do pampa, essa região relativamente plana, de suaves ondulações – as coxilhas – que compreende boa parte do Rio Grande do Sul, do Uruguai e da Argentina. A origem do termo é incerta, mas parece significar algo como pobre, desamparado – ou seja, não é um termo elogioso nem ufanista. É parte daquele grupo de palavras que se inicia pela dura letra G e que designa o estranho, o gentio: *goi* em hebraico, *gaijin* em japonês, *gadjo* no romani, a língua dos ciganos; isto sem falar em "gaudério", aquele que está ao léu. "Estava sozinho, gaudério e gaúcho, sem ninguém pra me cuidar" é a frase que figura em um conto do grande escritor Simões Lopes Neto.

Aos poucos, e como muitas vezes sucede na História, o termo foi mudando de significado – na medida, claro, em que o gado se transformou em riqueza, e na medida em que comandar gaúchos significava ter poder político. O gaúcho era agora o Centauro dos Pampas, sempre a cavalgar, a pelear. Contrapõe-se a isto uma visão crítica de escritores como Cyro Martins (autor de uma trilogia conhecida como *O gaúcho a pé*), Luiz Antonio de Assis Brasil e Sérgio Faraco. De qualquer modo, o gaúcho é uma figura típica, com suas botas, suas bombachas, o chapelão; e tinha também seus hábitos, entre eles o do churrasco, sobre o qual falaremos mais adiante, e o do chimarrão.

O que é o chimarrão? É a infusão quente das folhas da erva-mate, secas e trituradas. Essa sintética definição de dicionário diz muito pouco de um hábito que, como o churrasco, exige um verdadeiro ritual, representado não apenas pela cuia, pela bomba e pela erva-mate (da qual existem numerosas variedades), como também por um não-escrito código de procedimentos e regras. Destas, a principal é: não se recusa um chimarrão. É uma reação natural, considerando que a cuia e a bomba passam de mão em mão, de boca em boca. Mas o gaúcho dirá que o calor mata os micróbios e verá a recusa do visitante como uma indelicadeza (indelicadeza é também reclamar que o chimarrão está quente demais). Outra coisa: chimarrão que se preza é amargo. Há quem adoce o mate, mas quem o faz é mirado com desdém. Athos Damasceno sustenta (provavelmente para indignação de muitos gaúchos) que o mate só é amargo porque, na região, o açúcar era escasso e caro. Talvez, mas o fato é que o hábito ficou, e "amargo" ou "amarguinho", no Rio Grande, são sinônimos de chimarrão. Mais regras: o primeiro mate é do dono da casa – mais ou menos como compete ao anfitrião provar o vinho que vai ser servido aos convivas. Agora: não se deixa mate pela metade. Ele tem de ser sorvido até o fim e portanto não é estranhável o "ronco" quando se suga o resíduo final.

O gaúcho toma chimarrão de manhã cedo, e encerra as lides do dia com uma roda de chimarrão: no galpão da estância, ao redor do fogo, uma chaleira pendendo da trempe, eles sorvem o líquido e contam histórias: "causos", que inspiraram muitos escritores gaúchos, entre eles o já citado Simões Lopes Neto, autor de *Contos gauchescos e lendas do sul*. São histórias notáveis, redigidas no linguajar típico, às vezes de difícil entendimento para os de fora. Uma recente edição dos *Contos gauchescos* vinha com um nutrido, e compreensível, glossário.

A vestimenta, o chimarrão, a maneira de falar fazem parte de um certo modo de vida, de um certo cenário. O que acontece quando o gaúcho se urbaniza? Boa parte disso desaparece. É raro encontrar numa cidade como Porto Alegre um gaúcho "pilchado", isto é, com a indumentária típica. Aliás, há anos houve um episódio significativo: um gaúcho desembarcou na estação rodoviária ostentando o visual completo do pampa: botas, bombachas, chapelão, lenço ao pescoço. A pé, dirigiu-se ao centro da cidade, não muito distante dali. Uma pequena multidão o seguia, rindo e debochando. O homem não teve dúvidas: puxou o facão e pôs os engraçadinhos a correr. Foi, por assim dizer, um desdobramento da Revolução Farroupilha.

Às vezes, a tradição recebe um reforço inesperado da tecnologia. O chimarrão, por exemplo, não é muito prático, por causa da necessidade constante de água quente. Estava para cair no olvido quando surgiu a garrafa térmica. A partir daí é muito comum ver famílias passeando no Parque Farroupilha, o pai levando a cuia, com uma térmica sob o braço.

A força da tradição

A tradição é mantida através dos CTGs, os Centros de Tradição Gaúcha, que não se limitam ao Rio Grande do Sul. É impressionante a resistência da cultura gaúcha. De origem eminentemente rural, seria de esperar que fosse desaparecendo à medida que cresce a urbanização. Não é o que acontece: em todo o território do estado milhares de CTGs se encarregam de manter viva esta cultura; o mesmo fazem-no programas de rádio e tevê. E não só no estado. O rio-grandense (aqui estou falando principalmente no descendente de imigrantes) é um desbravador. Isto é um resultado da peculiar estrutura agrária: acentuado latifúndio no Sul e igualmente acentuado minifúndio no Norte. Nesta última região, a terra, dividida e subdividida entre filhos, netos e bisnetos de famílias numerosas, de repente já não proporciona mais sustento. O jeito é migrar, é ir em busca de um lugar para trabalhar. Diferente do nordestino, que veio para as grandes cidades, Rio e São Paulo, o rio-grandense, que é um desbravador nato, foi subindo pelo oeste brasileiro: o oeste de Santa Catarina, o oeste do Paraná, Mato Grosso (pularam São Paulo), Acre, Rondônia, Amazônia... Existem rio-grandenses até na Austrália. Em todos esses lugares existem CTGs. Alguns dos descendentes dos migrantes nunca estiveram no Rio Grande do Sul; mas são adeptos entusiastas da música e da dança gaúchas, do churrasco, do chimarrão. Não são todos, diga-se de passagem, que admiram o movimento tradicionalista; alguns intelectuais de esquerda olham-no com suspeição, sustentando que há uma associação entre tradicionalismo e conservadorismo político. Seja como for, o certo é que o CTG fornece uma identidade cultural e emocional, demonstrando que raízes, para as pessoas, são importantes, sobretudo neste mundo globalizado.

MAS NEM SÓ DE GAÚCHOS É FEITO O RIO GRANDE DO SUL

Até aqui falamos da cultura gaúcha propriamente dita, a cultura do pampa. Mas o Rio Grande do Sul não é só o pampa, que ocupa principalmente a parte sul. A parte norte é geográfica e historicamente diferente. Em primeiro lugar, é uma região montanhosa, com clima mais frio, mais europeu – o que explica, em parte, a popularidade de cidades como Gramado e Canela. Em segundo lugar, não é fronteiriça; como não tinha importância estratégica, não foi povoada de imediato. E, exatamente por ser montanhosa, não permitia a existência de grandes propriedades, como os latifúndios do sul. Essa foi a região destinada aos imigrantes. Que, a partir de meados do século 19, começaram a chegar aos milhares. Deixando para trás o Velho Mundo dilacerado por conflitos nacionais e sociais, alemães, italianos, eslavos, sírios, libaneses, judeus enfrentavam as agitadas águas do Atlântico em precários navios. Seu destino era a nova terra da promissão, a América. No Cone Sul da América Latina, onde existiam enormes extensões de terra despovoada, esses imigrantes eram bem-vindos; como dizia um político e intelectual argentino, Juan Alberdi, *"Gubernar es poblar"*. Povoar com europeus, naturalmente, que traziam a experiência do trabalho e que podiam, além disso, "branquear" as populações latino-americanas. No Brasil, essa política recebeu apoio já no governo de Dom Pedro I, que por sinal era casado com uma austríaca, dona Leopoldina. No Rio Grande do Sul, os alemães, chegados em 1824, estabeleceram-se na região que hoje é São Leopoldo, dedicando-se à agricultura e à indústria doméstica: moinhos, fábricas de sabão, de sapatos, de ferramentas agrícolas. Pequenas fábricas das quais se originaram depois gigantescos estabelecimentos industriais, como a Siderúrgica Rio-Grandense. Os imigrantes alemães também desenvolveram o setor de transportes. Jacob Arnt desenvolveu a navegação no rio Taquari; Jacob Becker, no Jacuí; Jacob Blauth Neto, no rio dos Sinos, e Frederico Jacob

Michaelsen, no rio Caí. Em homenagem a eles, uma via pública de Porto Alegre foi batizada de rua 4 Jacós (só que é uma rua pequena e sem saída, meio paradoxal quando se trata de lembrar pioneiros que, com sua audácia, foram longe).

Mas essas coisas vieram mais tarde. O sonho brasileiro dos imigrantes se expressava em simplicidade, não em grandiosidade ou ambição. De modo geral, a riqueza – mansões, carros, empregados – não fazia parte de seu projeto. O que almejavam era, simplesmente, viver melhor. Viver melhor – isso foi uma coisa que muitas vezes ouvi de imigrantes em meu bairro – podia ser, por exemplo, comer laranjas. Laranja na Europa era uma fruta cara, importada; era preciso dividir uma laranja pela família inteira; e quando se tratava de uma família como a de meu pai, com nove filhos, não dava muito mais que um gomo para cada um. Meu pai, a propósito, só veio a conhecer a banana no Brasil, quando, criança ainda, desembarcou com sua família no cais de Porto Alegre, vindo da Rússia. Um homem ofereceu-lhe uma banana, que ele comeu com casca e tudo – ninguém lhe havia dito que banana se descasca. No mesmo equívoco incorreu uma senhora que morava perto de minha casa, no bairro do Bom Fim. O sonho dela não era laranja nem banana, era abacate – fruta que ela nunca tinha visto. Sabia apenas que era um manjar para os ricos e imaginava que no Brasil o abacate deveria ser abundante. Ela e o marido emigraram para o Brasil: viagem terrível, na terceira classe de um daqueles "navios de imigrantes" que Lasar Segal tão bem retratou. Grávida, a pobre mulher passava mal – mas amparava-a a idéia de que no Brasil encontraria

abacate, a panacéia universal. Finalmente, chegaram a Porto Alegre. Tão logo se viram em terra, ela exigiu que o marido lhe trouxesse um abacate. O pobre homem saiu pelo cais do porto e milagrosamente, pois não falava uma palavra em português e não tinha um tostão no bolso, voltou com um abacate. Deu-o à mulher, que devorou a fruta – com casca e tudo (não me perguntem se engoliu o caroço). Vendo as caretas que fazia, o marido perguntou que tal era aquela fruta. Não é bem o que eu esperava, disse a mulher, mas vou me acostumar.

Enfim, era isto que fascinava os imigrantes: as frutas, o sol, o verde. Isto eles encontraram. E, tendo encontrado, fizeram sua vida no novo país. O que inclusive mudou sua imagem. Não há muito tempo a palavra "colono" tinha uma conotação que, se não chegava a ser pejorativa, também não era elogiosa: o colono era aquele ingênuo, crédulo, que trabalhava duro e não ganhava muito. Isto mudou. Como escreveu o cartunista Radicci, em *Zero Hora:* "Ser gringo oggi é bacana... Sabe-se lá, Dio, como que a zente encontrou questo amor-próprio e non sei como nem quando a colonada passou a se gostá. Mas só sei una coisa: é bão!". Pelas mesmas razões, só recentemente a saga dos imigrantes aparece na literatura, em obras como as de José Clemente Pozenato e Lya Luft.

É claro que a emigração nem sempre foi uma história de sucesso. Muitas vezes os imigrantes viram suas expectativas frustradas; a ajuda que lhes fora prometida não vinha, ficavam abandonados à própria sorte. Essa frustração estava atrás dos Muckers, uma seita de fanáticos comandada por Jacobina Maurer que resistiu furiosamente às tropas governamentais até ser aniquilada.

OS COMEÇOS DE PORTO ALEGRE

Temos então dois processos: ocupação do território, com a criação de propriedades (grandes, em geral), e colonização desse mesmo território. Entre os que chegaram no começo do século 18, vindos de Laguna, estavam três sesmeiros (sesmeiros eram pessoas que se dispunham a ocupar terras devolutas – sesmarias – cedidas pela coroa portuguesa): Sebastião Francisco Chaves, Jerônimo de Ornellas Menezes e Vasconcelos, Dionysio Rodrigues Mendes. Como outros sesmeiros, não cultivavam as terras nem criavam gado; dedicavam-se a capturar as reses selvagens, em grande número na região. Dessas propriedades, a de Jerônimo de Ornellas acabou dando o nome à região: Porto do Dornelles (uma variante do sobrenome "de Ornellas").

Em 1752, chegaram dos Açores sessenta casais. "Arrancharam-se", como dizem os gaúchos, na sesmaria de Ornellas; nesta, a parte junto aos rios era, de acordo com a lei, pública. O local ficou sendo conhecido como Porto dos Casais.

A localização das terras de Jerônimo de Ornellas era excelente. Em primeiro lugar, e como diz um cronista da época, tratava-se do "sítio melhor que há naquele Continente (*Continente de São Pedro era um dos nomes da região*), por ficar bem no centro dele, onde não pode chegar o inimigo". Na verdade, Porto Alegre hoje não fica "bem no centro do Rio Grande do Sul", mas a fronteira daquela época não tinha sido ainda "empurrada" para oeste. De qualquer modo, tratava-se de uma localização estratégica. É uma capital que nasceu, portanto, em decorrência de uma conjuntura diferente daquela que condicionou o surgimento de Recife, de Salvador ou do Rio de Janeiro. Como já foi dito, ao contrário do que acontecia em outros locais do Brasil, o litoral gaúcho não era propício para o surgimento de portos e de cidades portuárias. Contudo, na região em que se estabelecera Jerônimo de Ornellas havia, sim, condições para um porto, verdade que não marítimo.

A chegada dos açorianos reservava, para Jerônimo de Ornellas, uma tragédia. A convivência entre colonos e estancieiros era, como se pode imaginar, difícil, e o filho de Ornellas acabou matando um dos açorianos. Desgostoso, Jerônimo vendeu sua propriedade a Ignacio Francisco. Mais tarde, as terras foram desapropriadas para que nelas fosse estabelecida a vila para os açorianos e outros habitantes.

O PRIMEIRO GOVERNADOR E SUA FÉ EM PORTO ALEGRE

Naquela época, o governador da Província de São Pedro do Rio Grande do Sul era José Marcelino de Figueiredo, cujo verdadeiro nome era Manoel Jorge Gomes de Sepúlveda. Veio por causa de um incidente ocorrido em Portugal, que, à época, estava recebendo militares ingleses e escoceses como instrutores do exército. Depois de uma discussão, Sepúlveda matou um desses oficiais, um capitão chamado (acreditem ou não) MacDonald, fugindo em seguida para a Espanha. De lá escreveu ao todo-poderoso Marquês de Pombal, narrando o ocorrido e pedindo ajuda. Deu-se um jeito: Sepúlveda recebeu o nome de José Marcelino de Figueiredo, supostamente falecido. Supostamente, porque, na verdade, o homem ainda estava vivo, metido inclusive em escandalosas aventuras amorosas.

O "novo" Marcelino de Figueiredo foi enviado para o Rio Grande. Foi ele quem mudou a capital da Província de São Pedro do Rio Grande do Sul. Porto Alegre chamava-se então Porto de São Francisco dos Casais; a data oficial de fundação (estabelecida depois de muita discussão entre historiadores) é 26 de março de 1772. Em 1809, nova mudança de nome: Vila Nossa Senhora Madre de Deus de Porto Alegre. Em 1822, fica enfim Cidade de Porto Alegre.

Marcelino de Figueiredo acreditava em Porto Alegre. O que até lhe valia críticas. Em uma carta enviada em 1780 ao vice-rei queixava-se o provedor da fazenda, Ignácio Osório Vieira: "Saiba Vossa Excelência que o governador deste continente, José Marcelino de Figueiredo, não cessa de mandar fazer obras nesta povoação por conta da Real Fazenda. Mandou fazer um casarão para nele se representarem as óperas". Uma noite antes da estréia, o teatro pegou fogo – obra, talvez, dos inimigos da ópera. Marcelino de Figueiredo imediatamente ordenou que fosse reconstruído. Era um homem de briga, ele. Quando terminou seu mandato, retornou a Portugal e pediu de volta o seu verdadeiro nome – o que lhe foi concedido por decreto real. Quando os franceses invadiram Portugal (pondo em fuga D. João VI e a corte), Jorge Gomes de Sepúlveda organizou a resistência contra o inimigo, dando um prazo de três dias para que os invasores se retirassem.

AS IMPRESSÕES DE UM VIAJANTE

Em 1820, Porto Alegre recebeu a visita de um viajante famoso, o francês Auguste de Saint-Hilaire. No seu relato, fala das três ruas principais: rua da Praia, rua do Cotovelo e rua da Igreja. A vida social tinha como cenário as casas de família, onde se realizavam saraus musicais a cargo de senhoras que, diz Saint-Hilaire, "tocavam com maestria o bandolim e o piano". Também havia danças: "Valsas, contradanças e bailados espanhóis". Saint-Hilaire gostou do que viu: "As senhoras falam desembaraçadamente com os homens e estes cercam-nas de gentilezas". Seja por esse alto grau de civilidade ou por razões políticas, o certo é que, em 1822, logo depois da Independência, Dom Pedro I dá a Porto Alegre o título de cidade. Naquela época, Porto Alegre teria uns doze mil habitantes. Aos poucos, o equipamento urbano ia crescendo; em 1823, começa a funcionar a Santa Casa de Misericórdia; em 1858, é inaugurado o Theatro São Pedro; no ano seguinte, abre suas portas o Banco da Província, fazendo empréstimos a modestos juros de 6,5% ao ano; e em 1877, depois de uma luta de mais de vinte anos, é inaugurada a Biblioteca Pública.

A CIDADE EM EBULIÇÃO

A agitação política chegava à cidade. Os republicanos, em geral jovens exaltados e agrupados no Partido Republicano Rio-Grandense (PRR), desafiavam o Império. Com a República, o PRR assumiu o governo. De 1893 a 1898, o Rio Grande foi governado pelo autoritário positivista Júlio de Castilhos. Logo depois de sua eleição, possivelmente fraudulenta, estourou uma revolução. Comandados por Silveira Martins, os maragatos, como ficaram conhecidos, enfrentaram os castilhistas num conflito sangrento em que a degola de inimigos era a regra. "Adversário não se poupa", disse Castilhos, num telegrama destinado a seus comandantes, e essa frase passou a ser uma palavra de ordem. A guerra durou dois anos e meio, deixando cerca de doze mil mortos – a população do Rio Grande era então de um milhão de pessoas. Terminou quando os maragatos aceitaram a anistia proposta pelo presidente da República, Prudente de Moraes. Castilhos foi sucedido pelo não menos autoritário Borges de Medeiros.

A CIDADE PROGRIDE

Os imigrantes chegavam agora em grande número ao Rio Grande do Sul. A antiga estrutura econômica, baseada na criação de gado e na exportação da carne, estava em crise, em parte por causa da perda de mão-de-obra (os escravos libertos), em parte porque não podiam competir com modernos frigoríficos. Em compensação, surgiam novos estabelecimentos comerciais e industriais; em fins do século 19, o Rio Grande do Sul conheceu a eletricidade. Com surpresa e desconfiança, como narra o historiador Osório Santana Figueiredo. Em São Gabriel, na fronteira, o capataz de uma estância hospedou-se, uma noite, na casa de seu patrão, na cidade. Deram-lhe um quarto onde havia uma lâmpada elétrica – coisa que o capataz nunca tinha visto –, mas esqueceram-se de lhe dizer como se desligava aquela coisa. Na hora de dormir, o gaúcho fez de tudo para apagar a maldita lâmpada: assoprou nela, deu-lhe uns tapas – nada. Por fim, pegou uma de suas botas, enfiou no cano a lâmpada, amarrou-a – e conseguiu dormir sossegado.

Em Porto Alegre, a urbanização processava-se em ritmo acelerado. Os antigos becos, com seus pitorescos nomes, davam lugar às ruas principais. As famílias afluentes moravam em solares; a população negra agora concentrava-se em áreas como a Colônia Africana, próxima à área central da cidade. Em 1871, os negros formaram, pela primeira vez, uma associação, a Sociedade Floresta Aurora. O centro da cidade vivia uma *belle époque*, com cafés e restaurantes, tavernas e bordéis. "A mocidade libertina, de bordel em bordel, atravessa uma noite inteira, levantando brindes obscenos, mostrando no dia seguinte o sulco fundo das olheiras roxas", resmungava o jornal *O Independente*. Mas não era uma bela época para todos: os problemas sociais cresciam, e em 1906 estourou a primeira greve de trabalhadores.

Em 1922, Borges de Medeiros foi reeleito. De novo acusações de fraude, de novo uma revolução (que começou em 1923), só que não tão sangrenta. Os adversários do governo continuavam sendo os maragatos; eram comandados por uma figura singular, o estancieiro Assis Brasil. Advogado, republicano, Assis Brasil tinha idéias avançadas para a época, ainda que sua casa, em Pedras Altas, lembrasse um castelo feudal. Os partidários de Borges eram os chimangos – ele já havia sido satirizado por um inimigo político, Ramiro Barcelos, num poema que é um clássico da literatura gaúcha, *Antônio Chimango*. Conta a história de um peão de estância, homem medíocre mas esperto, que cai nas graças do patrão, o coronel Prates – uma alusão a Júlio Prates de Castilhos.

Feita a paz (no castelo de Pedras Altas), Borges optou por não concorrer mais – era muita briga –, indicando como candidato Getúlio Vargas, que fazia parte da nova geração positivista. A era Vargas começou com a revolução de 1930, e ficou célebre pela cena – cujo simbolismo é evidente – dos gaúchos amarrando seus cavalos no obelisco da avenida Rio Branco, no centro do Rio de Janeiro. Depois disso viriam os quinze anos de ditadura, uma ditadura paradoxal, em que liberdades foram suprimidas, mas foi criado um sistema de seguridade social para amparar o proletariado que surgia com a acelerada industrialização. Vargas era um caudilho sim, maquiavélico e às vezes cruel como outros caudilhos; mas era um caudilho triste, melancólico, que, acuado pelos inimigos, acabou por se suicidar. Nisto foi diferente dos esfuziantes, grotescos caudilhos latino-americanos, aqueles que García Márquez e outros escritores retrataram tão bem. Esse tipo de caudilho não se mata; foge para outro país e vai gozar no exílio a riqueza roubada.

Um outro gaúcho (e porto-alegrense), o capitão Luís Carlos Prestes, seguiria uma trajetória diferente: a partir de 1924, e comandando a coluna que depois levou o seu nome, ele comandou uma lendária rebelião. Inspirado pelos ideais da Revolução Russa de 1917, aderiu ao comunismo, do qual veio a tornar-se o grande líder no Brasil.

Porto Alegre, metrópole

Porto Alegre transformava-se em metrópole. Avenidas foram abertas ou alargadas. Grandes prédios começavam a ser construídos no lugar de antigos casarões. Em 1927, a cidade entrou na era do rádio e da aviação. No centenário da Revolução Farroupilha, em 1935, foi feita uma grande exposição no parque que recebeu o nome de Farroupilha. Porto Alegre foi a primeira cidade brasileira a ter um Plano Diretor (1959). Desapareciam os antigos logradouros. Desapareciam também os tipos conhecidos, o Manoel da Fazenda, o Chega-Chega, o Fura-Pipas, o Quimindá, o Cerca Velha, o Felipe Mãozinha, o Espada Preta, o Joaquim Pintor, o Faz-Tudo, a Isabel Beata, o Nariz-de-Papelão, o Luís Nenhures, o Pedro Mandinga, o Talavera, o Felício Botão, a Cabra Roxa, o Mil-Onças, a Inácia Rabeca, o Chico Riacho, o Rangel-Boi, o Beriberi, o Manuel das Mulatas, o Juca Leré, o Pinguinha, o Menclete, o Papa-Hóstias, o Dorme-a-Cavalo, a Maria Popa Redonda, o Meu-Filho-o-Senhor-Capitão, o José Mulher, o Vicente

Brabo, a Iaiá Pombinha, o Chico Ilhéu, o Inácio-dos-Dentes-Grandes, o Chicote da Província, o Barriga-Medói, o Prosódia, o Pau-de-Rala, o Vinte e Sete Contos, o João das Caçambas, o Manoel Ressabiado, a Coxifã, o Não-Tem-Perigo, o Chico Mentira, a Rita Mina, o José dos Negros, o Antônio Gordo, o Coalhada, o Afoga Rosa, o Chico Inglês, o Antônio Magro, o Pagará, a Jacaroa, o Pescocinho, o Lino Calafate, o Antonico Gosmento, o Corneta, o Barbudo Robalo, o Pedro Penacheiro, o Chico da Vovó, o padre Vira Cambota, o Chico Sacristão, o Pedro Boticário, o Chico da Vovó, o Bom de Vela, o Tragazana, o Estanque, o Marquês dos Ananazes, o Matias Galego, o Barbas de Milho, o Pax-Vobis, o Inácio Babão, a Ana Tecedeira, o Corre-com-o-Saco, o Chulinga, o Manoel Tamanca, o Pinto Fanha, o Farofa, o Trabuco, o Chico Contradança, o Pedro Jacaré, o João dos Afetos, o João-de-Gatinhas, o Caixa de Óculos, o José Moleque, a Coxita, o Papai Lele, o José Cabelos, o Vaca Braba, o Cadete Chulé, o Ceroulas, a Angélica Lindeza, o Farofa, o Moleque Qué Qué, o Bataclã – saudoso Bataclã, pioneiro dos maratonistas... A Maria Chorona, o Tzwei Mil, o Lulu dos Caçadores...

E os nomes de ruas? Ficaram esquecidos o beco dos Marinheiros, a rua do Pântano, a rua do Arvoredo, o beco da Marcela, o beco do Mijo, a rua da Margem, o Arco da Velha, a rua da Alegria, a rua dos Nabos a Doze, o beco do Sapo, a rua da Prisão Militar, o beco do Oitavo, o beco do Firme, a rua`dos Sete Pecados Mortais, o beco do Juca da Olaria, o beco do Pau Fincado....

É outra cidade. Mas é Porto Alegre.

Descobrindo a cidade

PERGUNTA EMBARAÇOSA

Uma pergunta embaraçosa: Porto Alegre é bonita? O mínimo que se pode dizer é que não há unanimidade nas respostas. De um lado, os admiradores entusiasmados; de outro, aqueles que não gostam ou não gostaram da cidade, incluindo visitantes ilustres, como Albert Camus. A atriz italiana (radicada nos Estados Unidos) Valeria Golino disse, numa entrevista, que achara Porto Alegre o lugar mais feio do Brasil. Declaração sensacionalista? Talvez, mas a verdade é que Porto Alegre não tem a beleza do Rio de Janeiro ou de Salvador (em compensação, se depender dos porto-alegrenses, Valeria Golino jamais ganhará um Oscar).

Admitamos, porém: à exceção das belezas naturais, as grandes cidades brasileiras não são muito bonitas. Por várias razões. Em primeiro lugar, por causa da arquitetura: a especulação imobiliária, que foi e é a regra no país, traduziu-se em edifícios quadrados, sem estilo, sem graça – num constrangedor contraste com a natureza luxuriante e com a beleza simples do colonial brasileiro. É que, em termos de arquitetura, somos autofágicos, para usar uma expressão de Günter Weimer, professor de arquitetura

na Universidade Federal do Rio Grande do Sul; ele cita o exemplo da própria Porto Alegre, onde muitos prédios históricos foram desfigurados, e outros, simplesmente demolidos. Dizem que entre esses prédios estava a histórica casa do líder farrapo Bento Gonçalves, e que datava do século 19. Avisado de que seria tombada pelo patrimônio histórico, o proprietário não hesitou: "Se vão tombar, tombo eu". E demoliu a casa.

Mas há um outro aspecto. As cidades brasileiras são berrantes. As cores são berrantes, os anúncios são berrantes. Quando isto se junta ao lixo acumulado nas ruas, aos prédios deteriorados, o resultado às vezes lembra aqueles filmes americanos que mostram uma Los Angeles ou uma Nova York deterioradas. Um futuro do qual, espera-se, o bom senso nos salvará.

Porto Alegre teve um importante arquiteto, Theo Wiederspahn, natural de Wiesbaden, na Alemanha. No início do século 20, projetou vários, importantes e elegantes prédios, que até hoje surpreendem os visitantes, inclusive por detalhes originais. Diz-se que, para a sede dos Correios e Telégrafos (atualmente abrigando o Memorial do Rio Grande do Sul), Wiederspahn inspirou-se nos capacetes do exército prussiano. Homenagem ao autoritarismo? Talvez. É certo que não falta à arquitetura porto-alegrense um componente autoritário, que corre à conta do positivismo. Exemplo é a própria sede do governo estadual, o Palácio Piratini, cujo pé-direito tem doze metros. Mais alto que isso, observa Günter Weimer, só a chancelaria de Hitler, que tinha quinze metros – mas foi construída depois.

As ruas e seus nomes

Diferente de cidades completamente planejadas, como Brasília, por exemplo (se bem que também ali o planejamento foi superado pelo caos urbano), as ruas em Porto Alegre em geral não são rigorosamente retas, não formam aquele quadriculado que é o sonho de muitos urbanistas. Não, as vias públicas foram surgindo à medida que a cidade ia sendo povoada; como diz Jane Jacobs, as cidades são crescimentos naturais. O desenho de Porto Alegre foi condicionado por uma topografia acidentada – os morros cobrem 60% da área urbana. Como ocorreu em outros lugares, as ruas primeiro receberam nomes dados pela população, aludindo a alguma particularidade do lugar, ou a algum morador conhecido. Mas há outras formas de identificar as vias públicas. Uma, prosaica mas prática, é a dos números ou letras – uma sistemática muito usada pelos americanos. A outra forma é homenagear alguém. O que preserva a memória histórica, mas às vezes causa transtornos: há nomes quilométricos, há nomes difíceis de grafar, principalmente os de origem estrangeira. Se todo o tempo gasto pelos brasileiros em escrever seus endereços, ou em fornecê-los pelo telefone (muitas vezes soletrando penosamente os nomes dos logradouros), fosse utilizado no processo produtivo, o país seria um pouco menos pobre. A tentação da homenagem é, porém, forte demais, sobretudo quando se trata de vereadores ansiosos por ligar seus nomes aos de personalidades famosas. Diz Manuel Bandeira, em *Evocação do Recife*: "Como eram lindos os nomes das ruas de minha infância/ Rua do Sol/ (Tenho medo que hoje se chame do Dr. Fulano de Tal.)". Temor mais do que justificado, em se tratando de Brasil.

Em Porto Alegre as ruas têm estes três tipos de denominação (letras e números, contudo, são praticamente exclusivos de loteamentos populares). E, como acontece em outros lugares, as ruas mais antigas têm nomes, os antigos, que remetem a algum fato ou personagem da história da cidade, e os novos, que em geral reverenciam alguém. Em Porto Alegre, o exemplo mais famoso é a rua da Praia, a mais antiga de Porto Alegre.

A RUA DA PRAIA, QUE NÃO TEM PRAIA

As placas estão lá, afirmando que oficialmente estamos na rua dos Andradas; mas para muitos, e particularmente para os porto-alegrenses veteranos, a denominação que vale ainda é a antiga. Afinal, perguntam os visitantes, onde está essa praia?

É que a rua da Praia ficava, sim, próxima ao Guaíba. O mesmo acontece com a praça da Alfândega, pela qual a rua passa: já teve uma alfândega, criada por Carta Régia de 1800, e que logicamente ficava próxima ao porto. O Guaíba estava, e ainda está, muito próximo; além da Alfândega, ali localizava-se o Arsenal da Marinha. Mas desde cedo a rua mostrou sua vocação comercial. Um comércio nada sofisticado, porque documentos do século 18, assinala Sérgio da Costa Franco, ainda falam em "casas cobertas de capim". Mas, um século depois, o viajante Robert Avé-Lallemant mostra sua admiração diante das construções "majestosas, com até três andares". E em 1906, o italiano Vittorio Bucceli afirmaria que *"I negozii di via Andradas* [convenhamos que *"via Andradas"* soa mais impressionante que rua dos Andradas] *splendidamente iluminati com magnifici globi elettricci e ad acetilene ricordano quelli della via Ouvidor di Rio de Janeiro"*. Ou seja: a rua tornara-se importante. Tão importante que já podia mudar de nome – e a nova denominação homenagearia ninguém menos que os Andradas.

A rua passou a merecer atenção especial da Intendência (ou seja, a Prefeitura de outrora). A partir de 1885, e numa obra que se prolongaria por anos, o antigo calçamento de pedra irregular começou a ser substituído por paralelepípedos de granito que são para Porto Alegre o equivalente daquelas calçadas de Copacabana. Pedras de diferentes cores, rosa, cinza, preto, formam belos desenhos – não ondulados, como os de Copacabana, mas rigorosamente geométricos, bem de acordo ao espírito positivista das administrações.

ALGUNS PERSONAGENS DA RUA DA PRAIA

A rua da Praia sempre foi o coração de Porto Alegre, e não apenas por causa do comércio. Era um ponto de reunião, o lugar em que os grupos e tribos porto-alegrenses se encontravam e continuam a se encontrar, ainda que, ao longo dos anos, seu perfil tenha mudado várias vezes. Para ali convergiam políticos, esportistas, intelectuais, estudantes, mocinhas, senhoras. Ao longo da rua havia pontos de concentração, territórios preferenciais para os diferentes grupos. Políticos e esportistas, por exemplo, reuniam-se no local onde a rua, encontrando a praça da Alfândega, se alarga – o largo dos Medeiros, do qual falaremos adiante. Os intelectuais preferiam as livrarias: a do Globo, que ainda existe, e a Americana, fechada há muito tempo. Atrás do balcão da Americana estava Herbert Caro. Judeu, refugiado do nazismo, e homem de imensa cultura, Caro não se limitava a vender livros: orientava o público acerca da leitura, experiência que resumiu no livro de crônicas *Balcão de livraria*. Já a Casa Jamardo, há muito fechada, era a galeria de arte preferida de Porto Alegre. Ali expôs, por exemplo, Di Cavalcanti. Foi um evento movimentado, que atraiu os intelectuais da cidade. Lá pelas tantas entrou o poeta Paulo Corrêa Lopes e, distraído, sentou-se numa cadeira, onde Di Cavalcanti tinha colocado o seu elegante chapéu *gelot*, trazido de Paris. O pintor ficou aborrecido, e o poeta não achou outra saída senão gaguejar:

– Desculpe, pensei que fosse um gato...

A rua da Praia tinha personagens conhecidos; por exemplo, o jornalista Custódio Carlos de Araújo, que, com Lindolfo Collor (isto mesmo, avô do Fernando), fundou o jornal *Correio da Tarde*, usando o pseudônimo Cavaco (teria renunciado ao nome por causa dos versos de um advogado inimigo: "Custódio, Custódio/ que nome tens tu/ termina por ódio/ e começa por..."). Cavaco envolvia-se em complicadas aventuras; certa vez, seduziu uma moça chamada Leonor e sumiu com ela. Com o auxílio de um cão policial, a jovem foi encontrada. No julgamento, esse fato foi apontado como evidência contra Cavaco. Resposta dele: "O cachorro está faltando com a verdade".

Em *O anedotário da rua da Praia*, Renato Maciel de Sá Jr. faz um levantamento dos personagens famosos da cidade. Um desses era Oddone Greco, filho de uma abastada família italiana (eram amigos dos Matarazzo de São Paulo), proprietária de vários cinemas. E personagem de filme ele era, personagem dessas comédias italianas que numa época faziam sucesso em todo o mundo. Suas molecagens eram famosas. Uma vez passou por uma casa em que se realizava um velório. Um corredor comprido e escuro levava à sala em que estava o caixão. Oddone postou-se à entrada e advertia os recém-chegados:

– Olha o degrau.

E lá iam os coitados, arrastando um pé cauteloso, buscando o degrau que não existia enquanto, na porta, Oddone ria sozinho. Um outro personagem famoso era Aparício Torelly que, sob o pseudônimo de Barão de Itararé, torna-se-ia conhecido de todo o país, através do jornal *A Manha* (notem: não é *A Manhã*). Torelly estudou medicina em Porto Alegre. Péssimo aluno, não conseguia passar em anatomia. Certa vez, num exame, o professor mostrou-lhe um fêmur:

– O senhor conhece este osso?

– Não conheço – disse Torelly, e pegando o osso como se fosse uma mão, cumprimentou: – Muito prazer.

Tais *boutades* enfureciam os professores. Um deles, irritado com as respostas que Torelly dava no exame oral, chamou o bedel:

— Traga um feixe de feno.
— E para mim um cafezinho — completou Torelly.

Essas eram as histórias que os freqüentadores da rua da Praia ficavam contando por horas. Os jovens, naturalmente, preferiam o movimento: era o clássico *footing* das cidades provincianas, que em geral tem como cenário a praça (rapazes caminhando num sentido, moças andando em sentido contrário). E aí, disfarçados olhares e comentários mais ou menos ousados (por parte dos rapazes; as meninas eram recatadas demais para isso). Muitas paixões nasceram ali. A rua da Praia era um desaguadouro de emoções, e isto explica por que tantos escritores falaram sobre ela. O mesmo fizeram compositores como Alberto do Canto que, em sua canção *Rua da Praia*, menciona as "sereias que andam de saia e não de maiô", "o estudante que a aula da tarde gazeou", "a garotinha que quer casar", "o malandrinho que passa o dia jogando bilhar", concluindo: "Se as pedras de teu leito algum dia pudessem falar, / quantas cenas de dor e de alegria haveriam de contar".

A passarela de Porto Alegre

A rua da Praia era pois uma passarela para a beleza da mulher gaúcha, a beleza que deu a Ieda Maria Vargas o título de Miss Universo em 1963 e levou muitas jovens ao badalado mundo da moda. E era também o tradicional cenário para muitos eventos porto-alegrenses. Um deles: a Festa dos Bichos (em algum momento surgiu o neologismo Bixos, não muito inspirado, mas capaz de chamar a atenção). O desfile dos calouros da

Universidade Federal do Rio Grande do Sul constituía-se numa oportunidade imperdível para gozações sobretudo em relação à política: escusado dizer que foi abolido em 1964. Mas esse caráter foi recuperado mais tarde, com a Esquina Democrática, da qual falaremos daqui a pouco. Também é habitual que os candidatos a postos eletivos façam, em algum momento, uma caminhada pela Andradas.

Caminhando pela rua da Praia

É pela rua da Praia, portanto, que temos de começar nosso passeio por Porto Alegre. Um passeio que será necessariamente demorado; a rua é muito movimentada, e não é pequena. Mais que isto, comporta realidades diferentes, tanto que podemos falar em, pelo menos, duas ruas da Praia. A primeira corresponde à parte mais antiga e também mais tranqüila, mais reservada, mais modesta; mais porto-alegrense, eu diria: a parte que se inicia próxima ao Guaíba. Vamos então caminhando por esse provinciano trecho da rua, por entre antigos casarões, prédios de apartamentos, lanchonetes. Um prédio nos chamará a atenção: o antigo Hotel Magestic, com sua surpreendente arquitetura neoclássica. Depois que o hotel encerrou suas atividades, o local ficou praticamente abandonado, até que o governo do estado o desapropriou, instalando ali a Casa de Cultura Mario Quintana, que homenageia o grande poeta gaúcho, antigo residente do hotel. A Casa, com sua imponente decoração restaurada, é um importante centro cultural, com cinemas, auditórios, locais para exposições, cafés. Ali perto está a Igreja das Dores, o templo mais antigo da cidade, com sua grande escadaria e suas altas torres.

Continuamos percorrendo a parte antiga da rua da Praia. Passaremos pelo prédio onde funcionou o Cinema Cacique, que marcou época: uma luxuosa casa de espetáculos, decorada com grandes murais. Antes do filme propriamente dito, um pianista apresentava-se ao público, num belo piano de cauda. Ou seja: houve uma época em que cinema era espetáculo. E aí chegamos à rua Caldas Júnior, que homenageia o fundador da mais tradicional empresa jornalística da cidade. Na esquina está o prédio onde funcionam o jornal *Correio do Povo* e a *Rádio Guaíba*. E já estamos na mais conhecida praça da cidade, a praça da Alfândega.

A MAIS POPULAR PRAÇA DE PORTO ALEGRE

Praças são como ilhas no mar tumultuado das metrópoles, ilhas de verde, de tranqüilidade. A praça da Alfândega – relativamente pequena – não é exceção. Por causa da própria alfândega foi, de início, um local para despachantes. E também para quitandeiros, que não zelavam muito pela limpeza, segundo indignados relatos dos viajantes. Mas já em meados do século 19, moradores do local tinham tomado a iniciativa de arborizar a praça. Um chafariz foi também ali colocado, e depois um quiosque – e pronto, era uma praça. Praça senador Florêncio, é o nome oficial – mas o senador continua, para quase toda a população, um ilustre desconhecido. As árvores, jacarandás, são uma das marcas da cidade: quando ficam floridos, colorindo a praça de azul, os porto-alegrenses sabem que chegou a época da Feira do Livro, ali realizada desde 1954.

A praça tem os seus freqüentadores habituais: camelôs, engraxates, mulheres de vida chamada fácil e sobretudo os idosos, que ali se reúnem para conversar ou para jogar dominó. De um lado e de outro, prédios tradicionais: o Clube do Comércio, onde, em uma época, realizavam-se bailes famosos para a classe alta da cidade, o Museu de Arte do Rio Grande do Sul e o antigo prédio dos Correios e Telégrafos, que atualmente abriga o Memorial do Rio Grande do Sul.

Depois da praça da Alfândega, chegamos ao largo dos Medeiros (o nome é uma homenagem a dois irmãos, proprietários da famosa Confeitaria Central), que, este sim, era a caixa de ressonância da cidade, o local onde chega (e de onde se originavam) todas as novidades, principalmente políticas. Era também conhecido como largo da M... (o leitor complete). Não é raro que lugares públicos recebam denominações às vezes pejorativas – pensem na Boca Maldita de Curitiba, na Boca do Lixo de São Paulo. No largo dos Medeiros morou José Joaquim Leão, o Qorpo (com Q mesmo) Santo, estranha figura e dramaturgo considerado um precursor do teatro do absurdo que fez a glória de um Ionesco. E ali funcionou a primeira agência da Varig, a companhia aérea que projetou o Rio Grande do Sul no cenário nacional e que levou o jornalista (gaúcho, mas radicado no Rio) Justino Martins a dizer: "O sonho de gaúcho é ser cavalo ou avião da Varig". Frase que, durante muito tempo, tornou-o *persona non grata*.

A ESQUINA FAMOSA

Depois, vem um quarteirão de lojas: ali estava, no passado, a Sloper, com suas caixeirinhas, potenciais personagens de romance. E chegamos então à esquina mais famosa da cidade e do estado, o cruzamento da Andradas com a Borges de Medeiros, que os porto-alegrenses conhecem como Esquina Democrática. Sobretudo depois da ditadura militar, o local transformou-se numa verdadeira tribuna, algo semelhante ao Speaker's Corner, no Hyde Park de Londres. Ali, os defensores das mais variadas causas, sobretudo de esquerda, podem fazer suas manifestações e vender material impresso, camisetas, distintivos, a confirmar a fama de Porto Alegre como cidade politizada.

Andradas, Borges de Medeiros. Referenciais importantes para qualquer porto-alegrense, a ordenada e a abscissa de nosso gráfico emocional. Quando visito alguma cidade, fico aflito enquanto não encontro a Andradas e a Borges do local; é difícil em alguns lugares (Paris), é fácil em outros (San Francisco). De qualquer modo, trata-se apenas de pálidos substitutos. Porque a Andradas e a Borges, vias públicas muito diferentes, correspondem, na verdade, a visões distintas da cidade, da sociedade, da vida. A Andradas é rua, uma denominação que, na hierarquia dos logradouros, coloca-se em patamar inferior à avenida, mais larga, mais moderna, mais ambiciosa. Mais antiga, a rua dos Andradas evoca figuras políticas do Império; o nome da avenida fala de um político rio-grandense recente, e com projetos modernizadores. A rua da Praia é paralela ao Guaíba, acompanha-o. A Borges é perpendicular à massa d'água. Mais importante, a rua da Praia nasceu naturalmente, e por isso tem um trajeto relativamente sinuoso. A Borges é reta; foi criada, como fruto de uma certa visão urbanística – a visão que, nascida em Paris, consagrou os *boulevards*, com os quais o barão Haussman inaugurou um paradigma de modernidade. Não mais as ruas antigas, as vielas estreitas da Paris medieval que facilitavam a construção de barricadas nas revoltas populares (das quais a Comuna de Paris seria um exemplo); não, agora tratava-se de largas avenidas, capazes de fazer fluir o trânsito ao longo de lojas elegantes. Como a avenida Rio Branco, no Rio de Janeiro, a Borges de Medeiros seguiu essa diretriz. Três becos emendados entre si, a travessa do Poço, o beco do Freitas e o beco do Meireles, os três conhecidos redutos de prostituição, foram alargados; um projeto que datava, como a reforma urbana do Rio, do começo do século, mas só foi concluído nos anos 20. À semelhança da avenida São João, a Borges de Medeiros conta com uma obra de arquitetura: o viaduto, que depois levaria o nome do intendente Otávio Rocha.

O viaduto Otávio Rocha não é uma simples passagem sobre a movimentada avenida. Assim como o viaduto do Chá traz a marca da "arquitetura do ferro" de que fala Walter Benjamin, o viaduto porto-alegrense trouxe à cidade um pouco de Europa. Pelos adornos, pelas grandes esculturas, vê-se que foi pensado como uma imponente obra de arte, uma marca da cidade. Talvez por isso tenha sido durante muito tempo o lugar preferido dos suicidas de Porto Alegre. Triste e grotesco detalhe: como a altura não é muita, vários dos que lá se mataram esperavam a passagem do bonde, que trafegava pela Borges de Medeiros, como forma de garantir o desfecho.

A GALERIA E OS BONDES

Logo depois da esquina com a Borges, encontramos, na rua dos Andradas, dois lugares que são marcas registradas de Porto Alegre: a Livraria do Globo (mais sobre ela depois) e, quase ao lado, a Galeria Chaves.

Como as avenidas, as galerias representam uma influência francesa na arquitetura brasileira. Mas são influências diferentes. A avenida é a abertura, a expansão dinâmica; a galeria também é uma via de comunicação, discreta, intimista e não-isenta de mistérios. Por isso fascinava Walter Benjamin, que ao tema dedicou um capítulo de seu *Paris, capital do século XIX*. Walter Benjamin admite o caráter comercial das galerias (um caráter que os modernos shoppings, templos do consumo, hipertrofiaram). Mas a galeria não é um espaço fechado, é uma passagem. Nela, a realidade do cotidiano se interrompe por um curto trajeto, ao fim do qual vamos emergir de novo para a luz (e se, pergunta Julio Cortázar, emergíssemos em uma outra realidade, em um outro tempo? A galeria é um cenário ideal para ficcionistas). As galerias parisienses eram ricamente decoradas, e a Galeria Chaves, que as imita, não é exceção. Mas esse mergulho no esplendor da *Belle Époque*, não dura muito: a galeria é curta, e dela emergimos para a popular José Montaury e para a praça Quinze (ex praça Paraíso), uma das mais tradicionais do centro. Muito da memória de Porto Alegre está ali. Para começar: era o local do abrigo de bondes.

Ah, os bondes. Quisera eu que este texto pudesse ter registrado o suspiro que brotou de meu peito quando escrevi esta palavra. Porque o bonde era mais que um meio de transporte, era uma forma de vida. Puxados por animais no início (fins do século 19), movidos por energia elétrica depois, comunicavam vários bairros com o centro da cidade. No começo havia até um veículo com dois andares, apelidado de "Chope Duplo", mas este desapareceu. Ficaram dois tipos de bondes: os gaiolas, menores, que contavam só com quatro rodas e que gingavam loucamente sobre os trilhos; e os convencionais, com oito rodas. Os bondes permitiam a nós, crianças, numerosas aventuras. Tomá-lo em movimento, por exemplo, uma cena que reproduzia aquela de filmes americanos em que o mocinho salta para a plataforma de um trem. Ou então viajar sem pagar (não muito difícil: o pobre cobrador, sempre uniformizado – como o motorneiro – tinha de espremer-se entre os passageiros, cobrando a passagem). O bonde gerava histórias, provérbios ("Tudo na vida é passageiro, menos o condutor e o motorneiro"), anedotas. Alguns de seus anúncios ficaram famosos: "Veja ilustre passageiro/ o belo tipo faceiro/ que o senhor tem a seu lado/ e no entanto acredite/ quase morreu de bronquite/ salvou-o o Rhum Creosotado". As linhas, por sua vez, tinham nomes que só os porto-alegrenses poderiam entender: *Escola*, por exemplo. Que forasteiro saberia que se tratava da Escola Militar?

O Abrigo de Bondes da praça Quinze era um lugar pitoresco, com pequenas lanchonetes, bancas de flores e de jornais. No meio da praça propriamente dita estava, e permanece, um dos restaurantes mais antigos da cidade: o Chalé, cuja arquitetura imitava a de um chalé europeu (de novo a influência germânica). Ao redor, vendedores ambulantes e os tradicionais fotógrafos, os lambe-lambes.

A seguir temos o largo Glênio Peres e depois o Mercado Público, inaugurado pela primeira vez em 1870. O Mercado sempre foi um formigueiro de gente; vendia frutas, verduras, peixe, carnes, erva para chimarrão... O local mais conhecido – por causa do sorvete e da salada de frutas – era a Banca 40, uma parada obrigatória no verão, que ainda hoje existe. Antigo como era o Mercado, a higiene deixava a desejar; ratos e baratas ali proliferavam. Por causa disto, a Prefeitura promoveu uma grande reforma do local, que ficou mais amplo, mais bonito, mais moderno – mas, infelizmente, perdeu algo de seu encanto. É como a relação entre galeria e shopping.

Ao lado do Mercado está a Prefeitura Velha, muito mais bonita (e bem menor) que a Prefeitura Nova, que fica atrás. Na frente, o largo da Prefeitura, que se continua com o largo Glênio Peres e é um tradicional local para comícios. Diante da Prefeitura, um presente da comunidade espanhola à cidade: a elegante fonte Talavera de la Reina.

LA COLONIA ESPAÑOLA
AL GLORIOSO PUEBLO
RIOGRANDENSE
EN SU CENTENARIO
FARROUPILHA
1835   1935

A Voluntas

Na praça Quinze começa uma rua que sempre foi, por assim dizer, a prima pobre da Andradas: a Voluntários da Pátria. Aliás, os nomes são significativos. Os Andradas eram condestáveis do Império. Os Voluntários da Pátria – a expressão tem algo de irônica – eram os pobres soldados arrebanhados para lutar, pelo Império, na guerra do Paraguai, um conflito que provavelmente nem entendiam.

Como a rua da Praia, a Voluntários acompanha o Guaíba. Como a rua da Praia, nasceu sob o signo do comércio – duplo comércio, como já se verá.

Trata-se de uma das vias públicas mais antigas da cidade. Conhecida como Caminho Novo, foi aberta em 1806, pelo governador Paulo Gama, com a finalidade de "facilitar a comunicação com as quintas situadas na margem do rio". Era, diz o cronista da época Nicolau Dreys, "uma bela alameda plantada de árvores frondosas", com "ricas chácaras, de jardins aparatosos, abundantes de flores e frutos". Ou seja: um verdadeiro "resort" para as famílias ricas da cidade.

Aos poucos, contudo, o Caminho Novo foi mudando. Durante a Revolução Farroupilha, para lá foi transferido – por razões estratégicas – o matadouro da cidade. Em 1874, e apesar dos protestos dos moradores, foi ali construída a estação ferroviária. A linha férrea acompanhava boa parte da rua, o que selou o seu destino: não mais chácaras elegantes, mas sim indústrias e depósitos, localizados, como era costume então, em prédios cuja abundante decoração procurava dar uma idéia de prosperidade. Pela rua lamacenta (só foi calçada em 1881) transitavam carretas e carroças. Como se vê, uma região movimentada; era apenas natural que um pequeno comércio brotasse ali para atender àquela gente: lojinhas (roupas, sapatos, ferramentas), bares, restaurantes. Artigos de pouco preço, abundantemente apregoados por vendedores que inclusive ficavam nas portas dos estabelecimentos ou mesmo na calçada: "Mais barato! Aqui: mais barato!". Um brado que misturava sedução e desespero, otimismo e amargura. Os mesmos sentimentos que, provavelmente, animavam as mulheres que por ali transitavam à noite, e que se ofereciam por preços razoáveis, mais razoáveis, sem dúvida, que os do lendário cabaré da Mônica. Para a "Voluntas", à noite, convergiam homens de classe média baixa, operários, estudantes.

A cidade tornou-se mais próspera, o comércio da Voluntários também. As lojas ficaram mais sofisticadas, mas não perderam o caráter popular: basta ver o enxame de gente que por ali circula, em busca de boas ofertas.

As alturas do poder

Voltemos ao centro. Da rua da Praia vamos, pela rua da Ladeira, até a Duque de Caxias. Estamos agora no topo da colina, a cavaleiro sobre a parte mais antiga da cidade. Lá embaixo, a zoeira; aqui, relativo silêncio. Lá embaixo, pequena burguesia, povo propriamente dito; aqui em cima, a aristocracia. Estamos numa rua antiga, tradicional; sinuosa, como convém às ruas antigas e tradicionais. E – ainda como convém às ruas antigas e tradicionais – teve, em seus trechos, várias denominações: rua Formosa, rua Direita da Igreja, rua da Igreja (tratava-se da Igreja Matriz, hoje Catedral Metropolitana). Era uma rua de riqueza e poder. Grande parte de suas casas – sobrados e assobradados, alguns decorados com azulejos – pertencia a famílias notáveis na cidade. Ali está, por exemplo, o solar que pertenceu primeiro ao visconde de São Leopoldo e que depois foi o solar da importante família Câmara (hoje, tombado, é um centro cultural). A importância da rua pode ser avaliada pelo fato de que, quando os bondes elétricos foram introduzidos, em 1909, ela contava com uma linha circular que passava pela área central da cidade: era o famoso bonde Duque, um equivalente do bondinho de Santa Tereza, no Rio.

Assim como a rua da Praia é interrompida pela praça da Alfândega, a Duque é interrompida, e numa altura equivalente, pela praça da Matriz – isto é, praça Marechal Deodoro (Bandeira tinha razão: os nomes tradicionais não resistem). Foi, observa Sérgio da Costa Franco, o primeiro logradouro em que as casas eram cobertas por telhas, e não por capim, isto já em 1786.

A praça da Matriz é a praça dos poderes. Ali está o Palácio Piratini, ali está o Palácio da Justiça, ali está a Assembléia Legislativa, este um arrojado prédio, decorado com uma escultura em metal do artista Vasco Prado, que deu motivo a muita discussão: nela, Tiradentes é representado com três bocas, o que pode ser muito simbólico – afinal, o líder da Inconfidência Mineira, dentista, foi dos primeiros brasileiros a pôr a boca no mundo –, mas, para o senso comum do porto-alegrense, era um absurdo. A discussão, contudo, foi esquecida, e Tiradentes continua lá, com suas três bocas. E ali está também a Catedral Metropolitana, substituindo a antiga Igreja Matriz, demolida nos anos 20. O projeto, de um arquiteto italiano, não prima pela originalidade, mas tem um detalhe no mínimo interessante: no lugar das cariátides dos templos antigos, temos cabeças de índios. Caras arreganhadas, ferozes, mas patéticas: um tributo, talvez não-intencional, aos antigos donos do Rio Grande.

A praça propriamente dita também homenageia um vulto histórico, no caso, Júlio de Castilhos, cuja estátua apresenta-se guarnecida por cães de bronze – que, no entanto, não o protegem contra o perigo: um dragão, com asas e tudo, ameaça o líder. Felizmente, Júlio de Castilhos tem a seu lado um guerreiro, em condições de protegê-lo com a invicta espada.

A Biblioteca Pública, mais abaixo, é um prédio surpreendente, cheio de símbolos. No tradicional Salão Mourisco, por exemplo, onde se realizam concertos e conferências, há inclusive uma esfinge, e, sob ela, a frase enigmática: "Só a esphinge não morre e erguendo o estranho porte guarda, eterna, do caos das origens da idade o enigma da vida e o mysterio da morte". Jorge Luís Borges, que dirigiu a Biblioteca de Buenos Aires e deliciava-se com os mistérios do passado, teria gostado de trabalhar ali.

Cidade Baixa: humildade e autenticidade

Caminhando pela Duque de Caxias, em direção à Cidade Baixa, encontraremos a praça General Osório, mais conhecida como Alto da Bronze. Por que "da Bronze"? É uma homenagem não a um general ou a um nobre, mas a uma mulher – de "vida airada", como se dizia no século 19. Dela só se guardou o prenome: Felizarda. Aliás, muito significativo, porque os relatos sugerem que tinha abundante clientela. Daí vem o apelido: ela tinha a "não sei quê" (segundo a pudica expressão de um cronista da época) de bronze. Uma provável alusão à sua capacidade sexual: só bronze para resistir, o mesmo bronze de que eram feitos os canhões e os monumentos aos homens notáveis. Mas ao contrário do que se poderia pensar, o Alto da Bronze não era um reduto de perdição. Pelo contrário, era um lugar tranqüilo, iluminado por lampiões, que, nos versos de Athos Damasceno Ferreira, "espiavam de dentro do tufo das árvores velhas / o ingênuo colóquio dos noivos / nas salas das casas fronteiras à praça".

Esta era também uma área de imponentes casas, muitas transformadas em prédios de apartamentos. Depois da praça da Matriz, a Duque passa pelo viaduto Otávio Rocha e vai terminar em um outro viaduto, este mais moderno, o viaduto Loureiro da Silva, cujo nome é uma homenagem a um dinâmico prefeito da cidade.

Continuando nossa descida, chegamos à Cidade Baixa. A denominação remete a outra das polaridades clássicas nas cidades brasileiras: assim como existe Zona Norte, Zona Sul, centro e bairros, existe Cidade

Alta e Cidade Baixa. Quando falamos em Cidade Baixa estamos falando necessariamente em lugares antigos: é mais fácil ocupar o sopé da colina que o topo e, além disto, ali se está mais próximo à água. E que são também os lugares mais populares. O cronista Auguste de Saint-Hilaire disse que Porto Alegre se "elevava em anfiteatro", com vista para o Guaíba. Nesse anfiteatro, a parte mais alta é a Duque de Caxias, a praça da Matriz, com o Palácio do Governo, a Assembléia, as mansões. Luís Augusto Fischer observa que há um outro anfiteatro, de costas para esse primeiro, e que também contempla o Guaíba; nesse segundo anfiteatro, os lugares mais humildes correspondem à Cidade Baixa. Que é para mim o bairro mais autêntico de Porto Alegre, o lugar onde o passado da cidade é mais visível. São ruas estreitas, em geral tranqüilas (apesar de próximas ao centro), onde as pessoas caminham devagar e ainda acham tempo para parar e bater um papo com os conhecidos. É uma região sem indústrias, com muitas pequenas lojas e restaurantes populares; enfim, um reduto de humanidade na geografia urbana. E um lugar importante do ponto de vista histórico: ali está o parque dos Açorianos, que homenageia os primeiros povoadores da cidade, com um impressionante monumento em metal do artista Carlos Tenius que, numa época, se constituiu em uma das polêmicas artísticas da cidade: ao jornalista Ary Veiga Sanhudo parecia um "louva-deus mimetizado em sucata ferruginosa". E ali fica também a Ponte de Pedra, um dos símbolos de Porto Alegre, datando de 1848. Anteriormente, ali passava um riacho, que desembocava no Guaíba e que foi posteriormente canalizado. Mas a ponte não está no seco; no local, existe um espelho d'água, que cobre parte dos pilares.

A bucólica ponte é bem um retrato do passado da cidade. Como é a praça da Harmonia, onde havia um rinhadeiro em que lutavam galos com nomes tais como Corisco, Gamelinha, Livra-Olho, e onde os poetas da cidade se reuniam para recitar os próprios versos ou aqueles dos autores franceses que os encantavam, como Samain, Baudelaire...

Esplendor e decadência

Voltemos ao topo, porém. Saindo da Duque, cruzamos o viaduto, passamos pela Santa Casa, o mais antigo hospital de Porto Alegre, e chegamos à avenida Independência que, como a Duque, está a cavaleiro sobre a colina. No passado, esta era uma estrada que conduzia para fora do pequeno núcleo urbano, e que passava por alguns moinhos de vento – daí o antigo nome, estrada dos Moinhos de Vento. Entre 1910 e 1930, a avenida tornou-se a sede da riqueza porto-alegrense: numerosos palacetes foram ali construídos. Mas a riqueza é móvel, mesmo dentro das cidades. Muitas das luxuosas moradias deram lugar a prédios de apartamentos; outras transformaram-se em pensões. A afluência mudou-se para o bairro dos Moinhos de Vento, um pouco mais adiante.

MEMÓRIAS DA IMIGRAÇÃO

Inevitável: para continuarmos nossa trajetória, dos Moinhos de Vento só podemos descer. Desçamos, então, para o lado mais antigo, o lado da Floresta; no passado, um bairro de imigrantes alemães, vindos em geral das regiões de colonização no interior do Rio Grande do Sul. O bairro teve o seu cronista: o escritor gaúcho Augusto Meyer. Natural (1902) de Porto Alegre, participou no movimento modernista; foi poeta e, morando no Rio, colaborador de vários importantes jornais, como o *Correio da Manhã*. É em *Segredos da infância*, livro de crônicas, que ele fala sobre o seu bairro: "O mundo era então a velha casa da Floresta (...) A casa bastava para assombrar-me de mistério. A varanda sombria, com teto de tábuas, assoalhos de tábuas, que às vezes rangiam. (...) Cada prego do assoalho, cada nó de tábua possuía o seu segredo, que nunca revelei a ninguém. Esse trecho do rodapé, com a mancha escura, não me palpitava boa coisa. Tinha um vago aspecto de tristeza e, depois, era muito suspeita aquela falha perto do canto, abrindo certamente para corredores e corredores sem luz... Sim, era ali mesmo a entrada para o Reino dos Ratos".

O Reino dos Ratos. O que temos aqui é o gótico europeu, aquelas histórias sombrias de espectros, de bruxos, de fantasmagorias; histórias que os imigrantes trouxeram e que, por alguma razão, sobreviveram na pacata Porto Alegre. A própria denominação do bairro – Floresta – já é sugestiva. Floresta é uma coisa de

Velho Mundo. O Brasil tem, ou tinha, mato (na melhor das hipóteses, matas, uma designação mais generosa). O mato é uma coisa incômoda, espinhosa, renitente, embaraçosa; mato é para ser roçado ou queimado, e isto foi feito ao longo de cinco séculos de história. A floresta é diferente. A floresta é européia. A floresta é formada de árvores imponentes, sólidas. Na floresta, refugiam-se os duendes, as fadas, as bruxas – a floresta é um reduto do imaginário. Não havia floresta em Porto Alegre. Mas ao bairro chamado Floresta chegaram essas fantasias, trazidas pelos europeus; e, por causa delas, o menino Augusto, do bairro da Floresta, via em rodapés a porta de entrada para o sombrio Reino dos Ratos.

Fantasias à parte, o bairro era um lugar de gente trabalhadora, de iniciativa. Foram os imigrantes europeus os responsáveis pela introdução, no Rio Grande do Sul, do parque industrial. No começo, não se tratava de indústria pesada: eram utensílios domésticos, roupas, alimentos, aí incluídos o vinho e a cerveja – que, para os recém-chegados, eram nutrição, ao menos espiritual. Na Floresta havia plantações de cevada e fábricas de cerveja. Cujas chaminés, conta Augusto Meyer, inspiraram-lhe as primeiras rimas:

A chaminé do Bopp
fabrica chope
a chaminé do Rita (Ritter)
que nunca apita
a chaminé do Sassa (Sassen)
que faz fumaça...

Tradicionais empresas, que, inclusive, introduziam novos elementos arquitetônicos em Porto Alegre. Por alguma razão, e isto parece ser um fenômeno europeu, fábricas de cervejas têm as fachadas abundantemente – e pitorescamente – decoradas, inclusive com cabeças de animais. A Cervejaria Brahma, na Floresta, não é exceção, e lá está para lembrar uma época em que indústria era a soma do trabalho mais a fantasia. Mais recentemente, a Floresta sofisticou-se; prova disto foram as elegantes confeitarias que ali surgiram.

A Floresta é, por assim dizer, o início da Zona Norte de Porto Alegre. A dicotomia norte-sul, que, como mencionamos, não é rara nas cidades brasileiras, constitui-se, na verdade, em uma síntese da situação de nosso mundo. O norte representa o desenvolvimento industrial, a riqueza, mas também a competição, a neurose; o sul é, ao contrário, a vida mais mansa, mais alegre, mas também a pobreza, o subdesenvolvimento. É assim em relação aos hemisférios. É assim nos Estados Unidos. Em Porto Alegre não chegamos a tanto, mas a imagem existe. Navegantes sedia, desde os fins do século 19, numerosas indústrias. No bairro de São João funciona o aeroporto. Pela Zona Norte passa a avenida Farrapos, um dos primeiros símbolos do dinamismo em Porto Alegre, um reconhecimento do império do automóvel. Através de uma densa área industrial e comercial, a Farrapos leva ao aeroporto, ao norte do estado – ao Brasil. No começo da avenida, está o símbolo de Porto Alegre: um gaúcho com trajes típicos, e segurando um laço: é o Laçador, uma escultura em bronze de Antônio Caringi colocada na entrada da cidade (quem sai do aeroporto de carro passa por ali) e que mostra um gaúcho pilchado (pilchado, para quem não fala gauchês, quer dizer botas, bombacha, enfim, o completo visual de nosso tipo mais característico). A figura aliás foi inspirada no tradicionalista Paixão Côrtes. Em 1991, a Rede Brasil Sul de Comunicações, RBS, realizou uma enquete para escolher um símbolo da cidade. Os "concorrentes" eram: o Guaíba, o parque Farroupilha, o pôr-do-sol no Guaíba, a Casa de Cultura Mario Quintana, o Theatro São Pedro, a rua da Praia, a estátua do Laçador, a Usina do Gasômetro, o parque Marinha do Brasil, o Chalé da Praça XV, a Catedral, a praça da Matriz, a praça da Alfândega, a Ponte de Pedra, ou qualquer outro lugar que o votante quisesse indicar. Venceu (com um terço dos votos) o Laçador. A escolha não se fez sem polêmica. Para muitos, o Laçador evocava o gauchismo e, principalmente, o latifúndio; seria a representação de um passado arcaico. Mas os votantes pensavam diferente, e o Laçador ficou consagrado como marca da cidade.

O BOM FIM: UM DEPOIMENTO PESSOAL

Subindo da Floresta para a avenida Independência e descendo chegamos a um bairro que, no seu passado, também esteve ligado a imigrantes: o bairro do Bom Fim. Mas, nesse caso, não se trata de alemães, e sim de judeus.

Quando falo do Bom Fim estou falando de minha infância. E quando falo do Bom Fim de minha infância estou falando de um bairro muito diferente do que é hoje, mesmo porque "bairro" é um termo que inevitavelmente remete ao passado. No Brasil homogeneizador os bairros tendem a perder sua individualidade, seu perfil; servem para localizar, não para identificar pessoas na sua geografia emocional. Meu primeiro romance tinha como título *A guerra no Bom Fim*. Descrevia, de modo fantasioso, a vida dos moradores à época da Segunda Guerra. "Consideremos o Bom Fim um país", eu dizia, e isto correspondia a um sentimento profundamente arraigado não apenas em mim como em outros habitantes do bairro. Um sentimento que hoje já não tem tradução material, e que me levou a escrever outros romances e contos ali ambientados. Por vezes recebo pessoas de outros lugares que leram meus livros e querem conhecer o Bom Fim. Quando as levo lá, percebo a decepção: o que há aqui de tão notável, é a pergunta que adivinho formulada em suas cabeças, pergunta que, por delicadeza, deixam de fazer. Mas que acho perfeitamente compreensível: o Bom Fim atual não tem mesmo nada de característico. Grandes prédios de apartamentos, esses prédios em que os contatos pessoais muitas vezes se resumem às reuniões de condomínio. O Bom Fim dos anos 40 era diferente; era uma aldeia da Europa Oriental absurdamente, fantasticamente, transplantada para Porto Alegre. Um bairro de casinhas pequenas, de porta e janela; aliás, numa das ruas – que atendia pelo nome de avenida Cauduro –, as casas, dezenas delas, eram todas iguais. E, porque as casas eram pequenas, as pessoas viviam na rua.

As senhoras reunidas em grupo falavam animadamente da vida alheia; os meninos jogavam futebol no meio da rua (era raro um automóvel passar por ali), as meninas brincavam de roda. Os homens estavam trabalhando; profissões humildes, as deles, marceneiros, alfaiates, merceeiros, pequenos lojistas, vendedores ambulantes. À noite – numa época em que ainda não existia tevê e em que a diversão era cara –, reuniam-se na casa de um ou de outro e ficavam jogando cartas ou contando histórias.

Ah, que grandes contadores de histórias eles eram! Não tenho qualquer dúvida de que tornei-me escritor ali, ouvindo as histórias que meus pais narravam com tanto prazer e que falavam de seu sonho brasileiro. Os primeiros imigrantes tinham vindo do sul da Rússia (da região conhecida como Bessarábia) em 1904; destinavam-se não para Porto Alegre, mas para as regiões de colonização agrícola no interior do estado. O projeto não deu certo; logo eles estavam mudando para cidades – Passo Fundo, Erechim, Porto Alegre. A eles juntaram-se judeus de outras partes da Europa Oriental, de modo que lá pelas tantas o bairro contava com uma comunidade de regular tamanho. Havia sinagogas, havia uma escola (onde estudei), havia um clube, o Círculo Social Israelita, onde se realizavam bailes de finalidade eminentemente matrimonial.

Claro, o bairro já existia muito antes dos imigrantes. Por ali passava o Caminho do Meio, a estrada preferida para chegar a Viamão. Em 1867, teve início a Capela de Nosso Senhor do Bom Fim, que transformou-se, observa Sérgio da Costa Franco, em uma obra de Santa Engrácia: não terminava nunca, talvez porque, sempre na visão do historiador, a devoção de Nosso Senhor do Bom Fim não fosse das irmandades mais prestigiosas. Em 1873, solicitou licença à Câmara Municipal para celebrar sua festa "com danças e outros divertimentos"; alguns vereadores, desconfiados, quiseram saber que "outros divertimentos" eram esses.

A principal avenida do bairro é a Oswaldo Aranha, que substituiu o antigo Caminho do Meio. O nome homenageia o político gaúcho que foi ministro de Relações Exteriores durante o primeiro governo Vargas (1930-1945). Agora, vejam a coincidência: Oswaldo Aranha presidia a Assembléia Geral da ONU que, em 1948, dividiu o território da antiga Palestina em dois Estados, um judeu e outro árabe, com que tornou-se credor da gratidão da comunidade judaica.

A Igreja do Bom Fim fica na Oswaldo Aranha. E também as lojas do bairro, muitas das quais de propriedade dos imigrantes judeus, que tinham dois ramos preferidos de negócios: roupas e móveis. Coisas que abrigam, coisas para a casa – coisas vendidas por quem, além de sustento, quer aceitação. O tipo de móveis variou ao longo do tempo. Primeiro, eram em pinho, madeira barata, com desenho singelo; na década de 50, tornaram-se "funcionais": as mesas, por exemplo, tinham pernas muito finas. Mais tarde, e à medida que a classe média se tornava mais afluente, viraram "aristocráticos", imitando o padrão medieval (a burguesia sempre aspira à nobreza).

Muito famosos eram os bares e cafés, cada um com seu perfil próprio. O mais conhecido era o bar do Serafim, um lugar em que uma variada clientela – negociantes, profissionais liberais, marginais – se reunia para tomar café e jogar sinuca. O bar era conhecido como Fedor, porque os mictórios ficavam junto às mesas de sinuca – os jogadores não podiam perder tempo procurando um lugar para urinar. Ah, sim, e os cinemas. Dois: o Baltimore e o Rio Branco. Porto Alegre sempre gostou de filmes, e assistir, nos domingos, a um seriado completo (ou seja, um filme em episódios mostrados de uma só vez) era programa obrigatório.

Três das ruas do Bom Fim – Fernandes Vieira, Felipe Camarão e Henrique Dias – homenageiam heróis da guerra contra os holandeses. E vejam de novo a ironia. Foi durante o domínio batavo no Brasil que os cristãos-novos – judeus convertidos à força pela Inquisição – puderam assumir sua identidade, uma tolerância que desapareceu quando os lusos reconquistaram o Nordeste. A Felipe Camarão e a Fernandes Vieira ligavam a aristocrática Independência à popular Oswaldo Aranha (aquele papel de intermediários que os judeus desempenharam ao longo da História). Descendo por elas, e chegando à Oswaldo, tem-se três alternativas: podemos atravessar a avenida e chegar ao Parque Farroupilha; podemos tomar a direita e ir em direção ao antigo complexo universitário e, depois, ao centro da cidade, passando por ruas antigas e agora relativamente tranquilas; ou podemos tomar a esquerda e subir a avenida Protásio Alves (continuação da Oswaldo

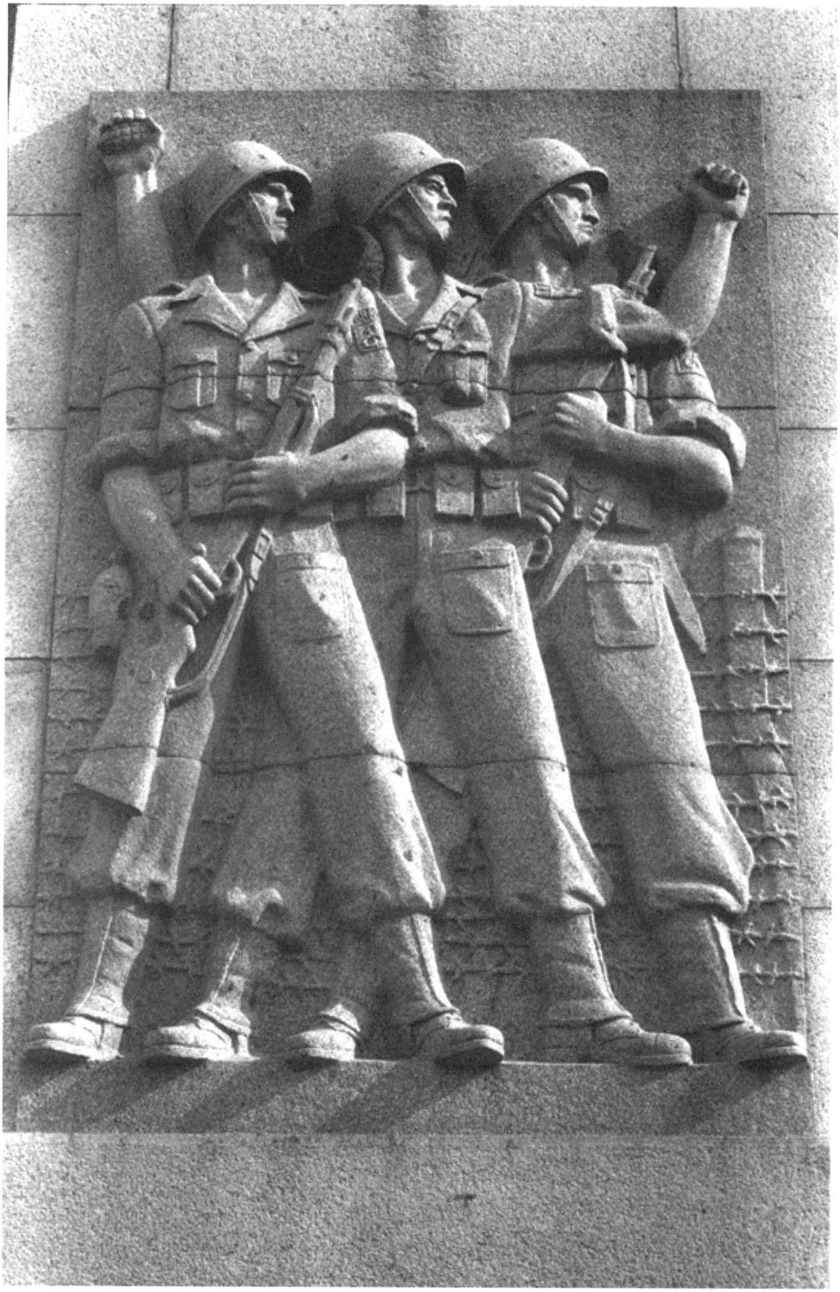

Aranha) rumo ao bairro de Petrópolis. Essa última opção correspondeu a um movimento histórico dos descendentes dos imigrantes do Bom Fim. E dos descendentes de imigrantes em geral: quando melhoram de vida, mudam de bairro. Foi o que aconteceu em Nova York, com o Lower East Side; foi o que aconteceu em São Paulo, com o Bom Retiro (notem a semelhança com Bom Fim). No primeiro caso, judeus foram substituídos por hispânicos, no segundo, por orientais. Em Porto Alegre, isto não aconteceu; o próprio Bom Fim passou por uma espécie de "enobrecimento": as velhas casinhas deram lugar a prédios, mas mesmo assim muitos dos antigos moradores deixaram o bairro. E Petrópolis era um destino natural em primeiro lugar porque fica ao lado, e depois, porque é um tranqüilo bairro de classe média, um lugar de médicos, advogados, professores, empresários – e escritores. Ali moraram Erico Verissimo e Josué Guimarães; ali moram, entre outros, Luis Fernando Verissimo, Luiz Antonio de Assis Brasil e o poeta Armindo Trevisan. Ali morou, durante muito tempo, Maurício Rosemblatt, livreiro e intelectual. Aos sábados à noite, ele promovia uma *open house*, recebendo pessoas da intelectualidade – o equivalente porto-alegrense do carioca "sabadoyle", de Plínio Doyle. Erico Verissimo era igualmente acolhedor, e não poucos foram os jovens que lá iam em busca de conselho ou de ajuda. Falei em "subir a Protásio Alves". "Subir", já sabemos, é um verbo comum em Porto Alegre: subir a Protásio, subir a rua da Praia... Para além de Petrópolis, podemos subir ainda mais um pouco. E foi o que aconteceu com a própria cidade: à medida que novos segmentos iam se agregando à classe média, um outro bairro surgia, continuando Petrópolis: Três Figueiras. A Protásio continua depois de Três Figueiras, agora fazendo uma curva, mas aí a afluência começa a diminuir, e casas modestas surgem.

O INCONSCIENTE COLETIVO DE PORTO ALEGRE

De Petrópolis podemos passar a um outro bairro, o Partenon. Ao fazê-lo, estamos recuando no tempo: aqui estamos numa antiga região da cidade, aquela que fica mais próxima a Viamão, a antiga capital do estado.

E o nome Partenon, que alude ao templo grego? Pois é, ele foi escolhido exatamente como alusão. Remete a um sonho da intelectualidade provinciana. Em 1873, uma sociedade cultural – o Partenon Literário – quis construir no alto do morro (sempre os morros) a sua sede. Em se tratando de cultura, nada melhor que um prédio no estilo helênico com colunatas e tudo. A obra nunca passou dos alicerces, mas o nome ficou. Mais estranho ainda, não tem nada a ver com o lugar. Como ficava na entrada (ou na saída) de Porto Alegre, o Partenon tornou-se – como observava meu professor de psiquiatria, Paulo Guedes – uma espécie de depositário dos males da cidade. Que males? Doenças, em primeiro lugar. No Partenon fica o Hospital São Pedro, o correspondente gaúcho do Juqueri e de outros grandes hospícios construídos no Brasil no final do século 19, a época áurea do alienismo de que nos fala Machado de Assis em *O alienista*. Numa época em que eram escassos os recursos para o tratamento da doença mental, os pobres enfermos eram trancafiados em grandes e soturnos prédios. O São Pedro, cujo nome é uma homenagem ao santo padroeiro do estado, começou a ser construído em 1879. Ao lançamento esteve presente – mais uma ironia – a Princesa Isabel, a quem se atribui a libertação dos escravos no Brasil. Em 1884, o São Pedro começou a funcionar. "Depositaram ali quarenta e um loucos", diz Ary Veiga Sanhudo. Era um depósito, mesmo; já nos anos 50, o número de internados chegava aos cinco mil. Então veio a revolução psiquiátrica: o advento de novas drogas permitiu que muitos doentes pudessem ser tratados em ambulatório. Com o que o número de internados caiu muito.

À curta distância do São Pedro fica um outro hospital: o Sanatório Partenon. Durante muito tempo a tuberculose foi o equivalente infeccioso, digamos assim, da doença mental. Os tísicos tinham de ser internados não tanto para tratamento, que, como no caso da enfermidade psiquiátrica, era praticamente nenhum, mas para que não contagiassem os sãos. A propósito, a terceira doença estigmatizante era a lepra ou hanseníase – e Porto Alegre tinha, sim, o seu leprosário, mas situado ainda mais distante.

Estudante de medicina, eu fazia plantões noturnos no Sanatório Partenon. Caminhava pelos lúgubres e mal-iluminados corredores, escutando a tossezinha seca dos pobres doentes que, encolhidos em suas camas, tremiam de frio: o prédio fora construído de acordo com um modelo padronizado, baseado no pressuposto de que o Brasil é um país inteiramente tropical. No inverno, o minuano assobiava pelas inúmeras aberturas, transformando o lugar numa geladeira.

Não só o hospício, não só o sanatório: quartéis, também, e um presídio. Num dos morros do Partenon, o Santo Antônio, está a Igreja de Santo Antônio do Partenon, construída por iniciativa do Partenon Literário e inaugurada em 1877. É um antigo e tradicional templo, do qual os porto-alegrenses gostam muito.

O Partenon forma uma espécie de tríade com dois outros bairros de classe média, Teresópolis, um lugar de pequenas propriedades rurais, como era a Glória (o nome é uma homenagem, não muito evidente, à proclamação da República). Entre Teresópolis e o centro fica o bairro da Azenha, homenagem ao proprietário de um moinho de trigo (azenha) conhecido como Chico Azenha. Essa vocação mecânica condicionou o bairro, que é um tradicional reduto de lojas de peças para automóveis.

Rumo à Zona Sul

Não longe dali fica a Zona Sul da cidade, que, como a Zona Sul do Rio, tem a ver com praia – só que no caso são as praias do Guaíba. O bairro mais antigo dessa região, e mais próximo ao centro da cidade, é o Menino Deus. O nome alude a uma devoção muito popular nos Açores, de onde, como vimos, vieram muitos dos primeiros habitantes da cidade. A principal artéria é a avenida Getúlio Vargas, que já se chamou Santa Teresa, alusão ao colégio de mesmo nome que lá havia e que, por coincidência, foi inaugurado pela imperatriz Tereza Cristina em 1846. Santa Teresa é o nome do principal morro da região, que os porto-alegrenses conhecem como "Morro da Televisão", porque lá estão sediadas várias das emissoras que operam na cidade. Do Morro Santa Teresa tem-se o que é provavelmente a vista clássica da cidade, com direito inclusive ao crepúsculo (mais sobre isto daqui a pouco). De lá, Porto Alegre – cujo centro é uma península que avança pelo Guaíba – parece Manhattan (ou pelo menos a gente quer que pareça). Na avenida Santa Teresa moravam pessoas importantes, como o médico dr. Manoel José de Campos, depois barão de Guaíba. Alguns dos antigos solares, aliás muito bonitos, ainda sobrevivem.

Para além do Menino Deus continuam os bairros à beira do rio; é o caso, por exemplo, da Tristeza. O nome tem a ver com o primeiro povoador da região, o português José da Silva Guimarães, que depois incorporou Tristeza a seu sobrenome. A razão não se sabe, mas foi uma decisão profética, porque o pobre homem morreu fulminado por um raio.

A região sul da cidade era uma sucessão de balneários, dois dos quais lembram Rio e São Paulo: Ipanema, Guarujá. As famílias de posses lá tinham casas, onde passavam o tórrido verão porto-alegrense. As praias do Guaíba sempre foram modestas, para dizer o mínimo. Nada comparável ao Caribe ou ao Nordeste. O fundo é lodoso, a água se apresenta em várias tonalidades de marrom. Mas o porto-alegrense que, em matéria de praias, é antes de tudo um forte, fazia da orla do Guaíba um grande programa, não exclusivo daqueles que lá possuíam residências de verão: os farofeiros locais costumavam passar os domingos ali. À medida que a cidade foi crescendo, esses lugares transformaram-se em bairros residenciais da alta classe média.

Este passeio foi, naturalmente, incompleto. Há muito mais em Porto Alegre – mais ruas, mais praças, mais locais interessantes. Lembro os versos de Mario Quintana:

> *Sinto uma dor infinita*
> *das ruas de Porto Alegre*
> *onde jamais passarei...*
>
> *Há tanta esquina esquisita*
> *tanta nuança de paredes.*
> *Há tanta moça bonita*
> *nas ruas que não andei*
> *(e há uma rua encantada*
> *que nem em sonhos sonhei...)*

Pequena elegia ao Guaíba

OBRIGADO, FERNANDO PESSOA

Paris tem o Sena, Londres tem o Tâmisa, Lisboa tem o Tejo. Porto Alegre tem o Guaíba. Não é a mesma coisa, direis. De fato, não é; pelo menos para um porto-alegrense que, ao Sena ou ao Tâmisa ou ao Tejo, só chega viajando de avião e gastando dólares, enquanto que ao Guaíba ele vai até a pé. Faz diferença. Aliás, faz toda a diferença. Como disse Fernando Pessoa: "O Tejo é mais belo que o rio que corre pela minha aldeia, / mas o Tejo não é mais belo que o rio que corre pela minha aldeia / porque o Tejo não é o rio que corre pela minha aldeia".

Porto Alegre não é uma aldeia, nem o Guaíba é propriamente um rio, como veremos adiante; mas vale a comparação.

PORTO ALEGRE E SUA DÍVIDA PARA COM O GUAÍBA

Ah, o Guaíba. Porto Alegre tem uma relação complexa, para não dizer ambivalente, com essa grande massa líquida. Em primeiro lugar, as gratificações: o

Guaíba preenche, para os habitantes da cidade, a necessidade, inata em todo ser vivo, de estar próximo à água. É uma necessidade orgânica – não sobrevivemos sem água – e é uma necessidade psicológica. Entrar na água é retornar, simbolicamente, ao útero (nada melhor que um banho de imersão para comprová-lo). De outra parte, o mar, o lago, o rio são uma fonte de alimento e uma via de transporte importante. Não é de admirar, portanto, que a maior parte das cidades importantes tenha surgido à beira do mar ou de um curso d'água.

Os porto-alegrenses não têm mar por perto. O que é causa de frustração, sobretudo para as crianças: piscina, lago, rio, nada disso se compara ao mar, à poderosa visão do mar, à excitação de mergulhar, de pegar jacaré, de surfar: as ondas fazem muita diferença. Na infância, eu ficava entusiasmado e emocionado quando, em dias de vento muito forte, passava às margens do Guaíba e via as águas levantarem-se em ondas inquietas. Então, tínhamos ondas! Não eram grandes ondas, não era nada que desse para surfar, mas eram ondas, de qualquer modo. E havia praias, também, e pescarias... Praias modestas, como vimos; e a pescaria não rendia lá essas coisas; com o decorrer dos anos, e com o aumento da poluição, passou a render cada vez menos e a fornecer menos temas para histórias de pescador. Nem Jesus, patrocinador de uma pesca milagrosa, conseguiria extrair do Guaíba mais do que uma pequena traíra. Mas a vista é gloriosa. Nos anúncios de imóveis, a expressão "com vista para o Guaíba" inevitavelmente significa um preço mais alto.

E o mundo além-Guaíba? Pergunta mais que justificada: Londres ocupa os dois lados do Tâmisa, em Paris existe a Rive Droîte e a Rive Gauche. Mas o outro lado do Guaíba não é mais Porto Alegre; lá já estamos em outros municípios. Porque o Guaíba é largo. Pode não ter muita história (como o Danúbio ou o Tibre), mas tem muita largura, como convém neste país de rios caudalosos. Agora: é possível, sim, atravessá-lo, através de um conjunto de pontes inaugurado em 1958. De forma, aliás, um tanto desastrada: na festa da inauguração o vão móvel da principal ponte subiu mas não desceu, o que foi um motivo de embaraço para as autoridades. Passado o susto inicial, contudo, a travessia entrou em funcionamento normal, comunicando a capital com a região sul do estado.

O Guaíba é também um local de esportes – vela e remo. Dos numerosos clubes localizados à sua margem, vários foram fundados por descendentes dos imigrantes alemães. Assim, já em 1888, surgia o Ruder Club Porto Alegre (*ruder*, em alemão, é remo), cujos sócios tinham sobrenomes como Schütt, Kessler, Ingwersen, Koehler. Em 1892, aparecia o Ruder Verein Germania. Quando o Brasil declarou guerra à Alemanha nazista, esses nomes tiveram de ser trocados: Clube de Regatas Porto Alegre, Clube de Regatas Guaíba. Falando em nomes, um dos hotéis na praia da Alegria (do outro lado do Guaíba) tinha uma denominação que, à época da Segunda Guerra, parecia muito suspeita: Hotel Florida. Dizia-se que era um anagrama de Adolfo Hitler. Anagrama mesmo ou coincidência? A controvérsia durou algum tempo e, para dizer a verdade, não sei como terminou.

Sob o aspecto mais prosaico, mas bem mais importante, o Guaíba foi vital para Porto Alegre. Em primeiro lugar fornece boa parte da água de abastecimento; depois, é meio de transporte para regiões próximas. Várias companhias de navegação ali operam ou operavam, inclusive transportando areia – retirada do leito do próprio Guaíba e de outros rios – para a construção civil. O Guaíba era também um grande desaguadouro do esgoto urbano e de efluentes industriais. À medida que foi crescendo a consciência ecológica no estado – e nessa área o Rio Grande do Sul é pioneiro –, foram aumentando os protestos contra essa situação. A indignação chegou ao auge quando uma fábrica norueguesa da papel e celulose, a Borregaard, se instalou no município de Guaíba, em frente mesmo à capital, não apenas poluindo a água, mas gerando um odor insuportável. A grita foi tamanha que os noruegueses venderam a empresa e se mandaram. A empresa, rebatizada como Riocell, funciona agora com equipamento antipoluição. A propósito, existe também um programa de recuperação da bacia hidrográfica que tem como objetivo, entre outras coisas, restituir a balneabilidade às praias do Guaíba.

Mas também há problemas

Falando em problemas, é preciso mencionar as enchentes. Ah, as enchentes. No Rio Grande do Sul, com sua enorme bacia fluvial, esse é um pesadelo de cada inverno, quando às vezes chove por semanas sem parar. A enchente que ocorria por volta do dia de São Miguel era tradicional e esperada com resignação.

O Guaíba costumava encher com as chuvas de inverno e inundar Porto Alegre. Mas a famosa enchente de 1941 pegou as pessoas de surpresa. Depois de muitos dias chuvosos, o sol tinha finalmente aparecido; e então as águas, chegando das cabeceiras dos rios, começaram a subir. Em breve o centro estava inundado; andava-se de barco pelas principais artérias da cidade, transformada numa espécie de Veneza.

As enchentes explicam uma das obras de engenharia mais discutidas da cidade: o chamado Muro da Mauá, nome da avenida que passa pelo porto. O muro, longo, teve por objetivo a proteção da cidade. Acontece que, em primeiro lugar, é muito feio e, em segundo lugar, impede que os porto-alegrenses tenham acesso a boa parte do Guaíba. Em suma: quase equivale ao Muro de Berlim. Só que este já caiu, enquanto o Muro da Mauá continua no lugar, provocando polêmica.

O QUE É O GUAÍBA?

Falando em polêmica, o que é exatamente o Guaíba? Durante muito tempo esse assunto foi objeto de apaixonada discussão, dessas discussões tão típicas de Porto Alegre e que às vezes atravessam décadas, perpetuadas nas mesas de bar, nas rodas de chimarrão. O Guaíba é parte de um verdadeiro complexo hidrográfico situado na parte leste do Rio Grande do Sul (há outros complexos: águas não nos faltam), uma vasta extensão líquida, com numerosas ilhas: da Pintada, do Pavão, do Chico Inglês, das Flores (esta cenário de um pungente documentário sobre catadores de lixo, assinado pelo cineasta Jorge Furtado). Confluem aqui cinco rios: Jacuí, Caí, Taquari, Gravataí e Sinos. Cinco rios, como os dedos de uma mão – diz-se que um município próximo a Porto Alegre, Viamão, tem esse nome exatamente por causa disso, porque de lá pode-se dizer "vi a mão". A comparação é antiga; já no começo do século 19 escrevia o sargento-mor Domingos José Marques Fernandes: "Desta semilhança vem chamar-se Viamam ao território de Porto Alegre e seus contornos".

Mas o Guaíba é o que, um outro rio? Essa foi a denominação que teve durante muito tempo, celebrada até por escritores: "Rumores, claridades, ressonâncias, reflexos, em você se transformam no silêncio puro, na sombra profunda. Que importam as margens: o rio segue em frente", afirma o cronista Álvaro Moreyra. Só que não é um rio, corrigem os geógrafos, é um lago; e comprovam-no com vários argumentos. Entre os porto-alegrenses veteranos, contudo, o termo "rio" provavelmente é o que predomina. Pode não ser geograficamente correto, mas é o tradicional.

As lúbricas margens do Guaíba

Muita gente não sabe, mas o Guaíba foi aterrado, para expansão da área urbana. Porto Alegre, nesse sentido, tem algo em comum com o Rio de Janeiro, onde a Praia do Flamengo foi aterrada, ou com a Holanda (só que as reduzidas dimensões daquele país justificam o esforço, meio inexplicável no caso da vastidão brasileira). Uma das regiões aterradas era conhecida como Brizolândia – homenagem ao falecido Leonel Brizola, que foi prefeito de Porto Alegre e governador do estado.

A Brizolândia teve um papel importante na vida sexual dos adolescentes porto-alegrenses. No final dos anos 50, o terreno ainda não estava consolidado, e por isso não haviam ali construções. À noite, o lugar apresentava-se deserto, às vezes com denso nevoeiro; ou seja, um cenário ideal para namoros – detalhes sobre isto na parte referente ao sexo em Porto Alegre.

Entra em cena o crepúsculo

Do Morro da Televisão vê-se o famoso crepúsculo. O sol se pondo sobre o Guaíba é uma das marcas registradas da cidade. Na já mencionada enquete para a escolha do símbolo de Porto Alegre, o crepúsculo ficou em segundo, com quase um quarto dos votos. O Guaíba ficou em terceiro.

O pôr do sol sobre o Guaíba tem, sim, a sua platéia. Inclusive, e principalmente, porque (se não está chovendo) é um espetáculo arrebatador, o sol se refletindo na grande massa d'água. E é um espetáculo, como notou Luis Fernando Verissimo, sem patrocinador, o que é raro no Brasil atual.

O crepúsculo de Porto Alegre tinha o seu bardo: o poeta Mario Quintana ("Céus de Porto Alegre / como farei para levar-vos para o céu?"). Como muitos moradores da cidade, Quintana levava ao Morro da Televisão escritores e intelectuais de outros estados que vinham em visita à cidade. Um deles foi o escritor e jornalista carioca Marques Rebelo, que, apesar dos entusiásticos comentários de Quintana, olhava o pôr do sol sem fazer comentários. De volta ao Rio, escreveu, numa crônica: "Eles não têm nada para mostrar, então ficam falando naquele tal de crepúsculo".

Falamos, sim, do nosso crepúsculo. E falamos do Guaíba. Quanto mais não seja porque ele é – obrigado, Fernando Pessoa! – o rio de nossa aldeia.

Porto Alegre: uma amostra do folclore urbano

O SOMBRIO E O TITILANTE

De onde nascem as histórias e lendas de uma cidade? Eis um mistério, que sociólogos, psicólogos e especialistas em comunicação tentam, por vezes em vão, esclarecer. O certo é que certas narrativas vão se propagando, de pessoa a pessoa, são incorporadas ao folclore urbano e atravessam gerações: "Meu pai contava que...".

Meu pai contava que. E aí vêm as lendas, as histórias, das quais os porto-alegrenses podem contar várias. Algumas são sombrias; um escravo condenado à morte na forca disse, no patíbulo próximo à histórica Igreja das Dores, que seu proprietário, Domingos José Lopes, nunca veria a conclusão do templo, então em obras. Não deu outra: Domingos morreu mesmo antes que a obra fosse concluída. Diz-se ainda que a alma do condenado continua a vaguear à noite no local... Enfim: toda cidade tem seus fantasmas.

Mas há também uma lenda titilante, a lenda do cabaré das normalistas, cuja localização apenas uns poucos choferes de praça (denominação antiga para motoristas de táxi) conheceriam. Nesse lugar, as normalistas – futuras professoras do primeiro grau – entregavam-se ao sexo, usando seus uniformes (saia azul rodada, blusa branca com o monograma do colégio normal bordado no bolso e grande laço de fita, sem falar nos carpins brancos e nos sapatos pretos sem salto). Durante muito tempo esse lugar lendário incendiou imaginações. Afinal de contas, as normalistas eram a própria imagem da imaculada pureza; a possível combinação de inocência com depravação funcionava como um poderoso afrodisíaco. Contudo, o cabaré das normalistas não era uma exclusividade do imaginário porto-alegrense. Curitiba tinha uma instituição semelhante; pelo menos Dalton Trevisan menciona um cabaré das normalistas em um de seus contos. Seria este um sinal de provincianismo, a lenda se extinguindo à medida que as cidades cresciam? É possível.

Histórias recentes

Há histórias mais recentes. Uma delas poderia servir como *case story* em um manual para a fabricação de mitos – ao menos de mitos porto-alegrenses. É rigorosamente verdadeira.

Um dia apareceu no jornal um convite para enterro. Numerosas empresas participavam o falecimento de seu diretor, o comendador Pedro Balaústre.

Convites para enterro, numa cidade ainda pequena, têm público certo. E aquele anúncio era supreendente. Em primeiro lugar, pela aparente importância do falecido, seguramente um magnata. Mas, e aí vem o segundo e maior motivo de surpresa: ninguém sabia quem era. Comendador Pedro Balaústre. Empresários e políticos inquietavam-se: confessar a ignorância poderia custar caro na constante e surda luta pelo poder e pela ascensão social. Por via das dúvidas, um deputado fez um discurso na Assembléia Legislativa lamentando o falecimento e pedindo um voto de pesar que foi, naturalmente, aprovado. Só depois se descobriu: não havia nenhum comendador Pedro Balaústre. Tratava-se de uma invenção de um grupo de gozadores, os jornalistas José Antonio Pinheiro Machado, Roberto Appel e Rogério Mendelski e os editores Ivan Pinheiro Machado e Paulo de Almeida Lima.

A segunda história foi inventada pelo falecido jornalista e escritor Josué Guimarães. Famoso pelos trotes que passava nos amigos, Josué, bom ficcionista, resolveu tentar um vôo mais alto.

A entrada do prédio da Prefeitura Velha (existe uma nova) é guarnecida por dois imponentes leões de bronze, conhecidos em toda a cidade como os "leões da Prefeitura". A história que Josué inventou era a seguinte: descobrira-se um rio subterrâneo, de águas termais, que corria exatamente sob o lugar em que estavam os leões. A alta temperatura estava, inclusive, aquecendo as brônzeas feras, como se podia constatar segurando a cauda daqueles. A quantidade de crédulos porto-alegrenses que veio pegar o rabo dos leões foi impressionante.

Falando em bichos, desta vez verdadeiros, temos a história de *La Pasionaria*. Este era o título pelo qual ficou conhecida Dolores Ibarruri, líder popular na guerra civil espanhola. Em Porto Alegre, contudo, a expressão designava uma galinha. Exatamente: uma galinha, cujo perfil Luis Fernando Verissimo traçou em uma crônica publicada na *Zero Hora*.

A descoberta foi feita por um grupo de jornalistas e publicitários que freqüentavam um bar, o Urbano's. Um dia em que eles estavam reunidos, surge a ave, "uma galinha como tantas outras, de classe média", diz o Verissimo. E, assim como aquela galinha de Clarice Lispector, que, perseguida pelo homem que queria assá-la, de repente botou um ovo, esta galinha também fez uma coisa surpreendente: pulou para a mesa do grupo e mergulhou a cabeça num copo de chope, servindo-se à vontade. Não é preciso dizer que, publicada a história da galinha que tomava chope, esta se transformou em um personagem da cidade.

O maior crime da Terra

Lorotas amenas. Mas na história da cidade há um sombrio episódio, terrivelmente verdadeiro; trata-se daquilo que o jornal francês *Le Temps* denominou à época (1863-1864) de "o maior crime da Terra". Este é o título do livro em que o historiador Décio Freitas descreve a trajetória do *serial killer* José Ramos, responsável pelo "açougue humano da rua do Arvoredo" (a expressão também é de Décio Freitas).

Filho de um cavalariano da Revolução Farroupilha, Ramos iniciou-se cedo no crime. Ainda rapaz, matou o próprio pai, que, bêbado, agredira a mulher. Fugiu, alistou-se na polícia, e de novo meteu-se em encrencas quando, no presídio de Porto Alegre, tentou degolar um preso, o lendário Domingos José da Costa, conhecido por distribuir entre os pobres o fruto de seus roubos.

    Deixando a corporação ele tornou-se informante do próprio chefe de polícia. Vestia-se bem, falava alemão, gostava da leitura e da música; um sujeito simpático, diziam todos. Morava com a companheira, Catarina Palse, engomadeira, na rua do Arvoredo (atual Fernando Machado), uma rua de pardieiros, de tavernas, de bordéis. E cometeu uma série de crimes – seis em apenas dois meses, em 1863. As vítimas eram, de acordo com a velha prática da guerra nos pampas, degoladas. José Ramos seguia um ritual: depois dos crimes (latrocínios: ele roubava também), recitava um salmo bíblico, alimentava-se, tomava banho, barbeava-se. Catarina sabia de tudo, mas não só ela. Com a ajuda do açougueiro Claussner, dava sumiço aos cadáveres: esquartejados, moídos, temperados com sal e pimenta, eram transformados em lingüiça, oferecida, a baixo preço, às principais autoridades da província e a prósperos comerciantes. Nesse ponto, a história assemelha-se à de Sweeney Todd, o barbeiro inglês que também matava seus clientes e despachava-os, por um alçapão, diretamente à máquina de moer carne.

    O bando todo é preso. Mas o astuto José Ramos logo consegue dar um jeito na situação; na prisão tem privilégios: recebe a comida dos guardas do presídio, não o caldo ralo dos demais prisioneiros. Adoecendo, de pneumonia, é internado na Santa Casa de Misericórdia e lá fica, "não se sabe sob qual pretexto", diz

Décio. E continua: "Torna-se benquisto entre os médicos e administradores e a certa altura vêmo-lo trabalhando como auxiliar de enfermagem. Revela-se especialmente dedicado aos enfermos agonizantes. Passa as noites em claro, ao lado deles, até o momento de exalarem o último suspiro".

Na Santa Casa veio também a morrer, depois de contrair lepra.

O elemento que mais impressiona na história de José Ramos é, sem dúvida, o canibalismo, ainda que involuntário. É uma coisa que sempre horrorizou, e fascinou, as pessoas. Uma obsessão que vem desde a antigüidade, como o mostra a lenda de Saturno devorando os próprios filhos, tema de uma horripilante tela de Goya, mas que ficou mais evidente com a modernidade e sobretudo com a descoberta da América. As referências à antropofagia no Novo Mundo inspiraram a Montaigne uma crônica famosa, *Sobre os canibais*. Comer o inimigo morto tem explicação, diz Montaigne; o que lhe parece bárbaro é pegar uma pessoa, supliciá-la, assá-la na fogueira, sob pretextos religiosos, e depois entregar os restos aos cães.

O crime da rua do Arvoredo inspirou reflexões sobre o tema a ninguém menos que Charles Darwin. Em seu caderno de anotações, escreveu o grande naturalista: "Informa-se que no extremo meridional do Brasil, na pequena cidade de Porto Alegre, um grupo de perversos matou várias pessoas, usando a carne delas para manufaturar lingüiça... Uma vez que nessa região do Brasil há enorme disponibilidade de carne bovina, a explicação para o canibalismo não deve ser a fome. O temor de Lyell de que a humanidade perca a sua posição nobre e volte à bestialidade é certamente infundado, mas regressões ocasionais à bestialidade sempre ocorrerão. Há um chacal adormecido em cada homem".

Os relógios parados

E que mais? Tem a cidade algum tipo especial de superstição, algum lugar de mau agouro? Que eu saiba, não. Mas impressionava-me, desde a infância, o número de relógios parados que eu via em prédios públicos. O grande relógio dos Correios, que era para ser uma espécie de Big Ben porto-alegrense, nunca andava. O mesmo acontecia com o relógio na estação de bondes. No centro da cidade foi construído um prédio que veio a ser conhecido como Edifício do Relógio, por causa do monumental relógio em seu topo – e que, de novo, nunca funcionava. Poderia isso ser um sinal de oculta rejeição a este símbolo do progresso, o relógio? Poderia ser uma manifestação de nostalgia, de desejo de volta ao passado? Não sei. O certo é que lá pelas tantas a cidade recebeu relógios eletrônicos, e estes se encarregaram de sepultar a maldição dos relógios parados. As lendas, feliz ou infelizmente, não resistem ao progresso.

O clima em Porto Alegre

O SURPREENDENTE VERÃO

Comecemos pelo verão. Não é, no meu caso, uma escolha ditada pela simpatia. Para o meu gosto o verão porto-alegrense é quente demais. Uma coisa que os visitantes não deixam de notar: mas como é quente esta cidade, dizem, com ar de ofendida surpresa. Surpresa mais do que explicável. Estamos relativamente longe dos trópicos, numa região temperada; era de se esperar, portanto, um verão mais civilizado, menos tórrido. Mas não é o que diz o termômetro. A temperatura passa facilmente dos trinta graus, pode chegar perto dos quarenta. A gente se arrasta pelas ruas, sem ar para respirar. No fim de dezembro, então, a coisa é pior: ao calor junta-se a correria das compras de Natal. Para cúmulo, de vez em quando cai um toró – sim, Porto Alegre também tem suas chuvaradas e ruas alagadas, ainda que não em escala comparável a São Paulo, por exemplo –, que não alivia o calor: ao contrário, poucos minutos depois aparece o sol, vingativo, impiedoso. Do asfalto eleva-se então um sufocante vapor. Nessa panela de pressão, somos lentamente cozidos. Só há uma defesa contra o verão: a praia. As do Guaíba, como vimos, têm suas limitações. As praias de mar ficam longe. A distância às mais freqüentadas (Torres, Capão da Canoa, Atlântida, Tramandaí, Imbé) nunca é menor do que cem quilômetros. Ou seja: uma viagem, atualmente facilitada pela via expressa que cobre boa parte do percurso e pelas boas estradas que levam a cada um dos destinos finais. De qualquer modo, a distância jamais intimidou os porto-alegrenses. Para os descendentes de imigrantes, em particular, o banho de mar sempre foi visto como algo benéfico para a saúde. É parte da cultura européia: até o século 18, o oceano era uma vastidão enigmática, misteriosa, pronta a tragar navios e navegantes. Depois que as viagens marítimas se tornaram mais seguras, a imagem do mar mudou. Surgiu o balneário, equivalente marítimo do spa. O frio da água, o choque das ondas deixariam a pessoa vivaz, alerta, menos suscetível à melancolia, espectro temido por sociedades competitivas; o mar seria assim o Prozac da época. Mais do que isto, era bom para as pálidas, inapetentes crianças, que voltavam de lá bronzeadas e com uns quilos a mais. De modo que, passadas as festas de fim de ano, levas de porto-alegrenses seguiam para a orla marítima com a mesma fé dos seguidores de Moisés rumando para o mar Vermelho.

As famílias passavam dois, três meses na orla marítima. Isto já não é a regra, mesmo porque ficou mais fácil ir e voltar; além disto, o veraneio não é barato. Mas uma coisa é certa: no verão, e principalmente nos fins de semana, a cidade fica deserta.

O que não é mau. Muitos gostam de ficar em Porto Alegre nessa época. Os restaurantes não estão cheios, é fácil estacionar, é fácil ir ao cinema. Calor? De fato. Mas e o ar-condicionado, para que serve? Assim pensam os membros da fictícia Sociedade dos Amigos de Porto Alegre (SAPA), que se opõe às reais SACC (Sociedade dos Amigos de Capão da Canoa), SAPT (Sociedade dos Amigos da Praia de Torres) e SABA (Sociedade dos Amigos do Balneário Atlântida).

O OUTONO E SEU VERANICO

Sim, Porto Alegre tem outono. Não chega a ser um outono europeu típico, mas as folhas dos plátanos do Parque Farroupilha tingem-se de vários tons de amarelo e de vermelho; outono, sim, com a doce melancolia do outono. E que tem algo surpreendente, uma estação intermediária, que provavelmente só existe no Rio Grande do Sul: é o veranico de maio. Notem o espanholismo: esse "veranico" deve traduzir-se por "verãozinho". Em meio à antecipação do inverno, dias cálidos se sucedem, para delícia dos porto-alegrenses, como descreveu Augusto Meyer em *Segredos da infância*: "O veranico de maio... O céu de repente subia a uma altura vertiginosa, o olhar navegava numa transparência profunda, num abismo tão sereno, que podia dar uma idéia de sétimo céu. Tão leve, aquele ar, que parecia vir dos campos azuis onde reina a paz eterna... Os nervos curados, a alma lavada, a cara aberta, que delícia viver, e respirar, e caminhar naquelas manhãs de maio, última festa do outono, antes dos primeiros assobios do vento que anuncia o inverno pela frincha das portas, encanado nos longos corredores... Os maricás enfileirados em sebes ao longo das chácaras, transfigurados pela florescência, eram agora pura penugem branca e perfume, nas ruas do arrabalde. Em breve, na orgia de luz do veranico, as paineiras em flor... Róseas, de um róseo mais vivo contra o céu, caíam as corolas gigantes, como tontas de tanta claridade. A luz lavava tudo. Havia tardes de maio com profundos crepúsculos, que se prolongavam até não querer mais, sobre as ilhas do Guaíba. Concentrando a sombra num recorte cada vez mais nítido, as torres da Igreja das Dores pareciam dois dedos litúrgicos que apontavam a altura, onde já tremia o brilho da primeira estrela". Ou Erico Verissimo, numa rara experiência poética:

Sob o céu de âmbar o mundo
como por magia está
aprisionado no fundo
de enorme taça de chá.

De novo Augusto Meyer, agora como poeta:

Cada ano
seu minuano,
cada dia
sua folia.

Um inverno europeu

Em Porto Alegre o inverno faz jus ao nome: é frio. Não um frio como o de Moscou, naturalmente; não temos neve aqui. Aliás, neve é um sonho brasileiro, como mostrou o filme *Bye, bye, Brasil*. Neve existe no Sul: São Joaquim, em Santa Catarina, e a serra gaúcha têm razoáveis nevadas, que atraem um bom número de turistas. Sabem que estão jogando com a sorte: quando descem de São Paulo, ou do Rio, ou do Nordeste, ninguém lhes garante que vão ver neve, mesmo no auge do inverno. Com um pouco de sorte, porém, podem ser fotografados mostrando a camada branca sobre o capô do carro ou, com mais sorte ainda, junto a um boneco de neve.

Durante toda minha vida de porto-alegrense só vi nevar uma vez na cidade. Não era um dia especialmente frio, mas estava nublado. De repente, começaram a cair uns floquinhos. O espetáculo, que deixou as pessoas extasiadas, não durou mais que alguns minutos. Dele ficou a lembrança, agora incorporada ao folclore da cidade: "Aquele dia em que nevou...".

O que caracteriza o inverno em Porto Alegre é, em primeiro lugar, o vento. O minuano poderia figurar com destaque na categoria dos ventos famosos, o siroco, os alíseos. É um vento impiedosamente gelado que vem lá do sul, das planícies geladas da Patagônia, e chega assobiando furioso, penetrando em cada fincha. Quando cessa, a temperatura sobe, mas aí vem a chuva – que pode durar dias, engrossando os rios e provocando enchentes. E aí sopra o vento de novo, mas desta vez ele é bem-vindo, porque vai afastar as nuvens e uma manhã acordaremos com um céu gloriosamente azul.

A BRISA DA PRIMAVERA

É ventosa, a primavera em Porto Alegre. Só que agora não se trata do rijo, implacável minuano. É um ventinho fresco, brincalhão, um ventinho feito para desfazer penteados de moças e senhoras (cabeleireiros e primavera porto-alegrense não se dão bem). Mas quem se importa com o vento? Todos querem sair de casa, depois do "longo e tenebroso inverno" de que fala o poeta. A primavera em Porto Alegre é marcada pelo florir dos jacarandás, que existem em várias ruas da cidade e são especialmente bonitos na praça da Alfândega – onde se realiza, exatamente na primavera, a Feira do Livro. Flores azuis e livros: sim, é bela a primavera em Porto Alegre.

O domingo porto-alegrense

OS MUITOS PARQUES DE PORTO ALEGRE

A não ser para as pessoas que vão à igreja, ou para os atletas que pulam da cama para correr, caminhar ou fazer esporte, o domingo nunca começa muito cedo em Porto Alegre. Mas quando começa, e se há sol – detalhe importante, numa cidade em que não chove pouco –, é um dia glorioso. E um dia basicamente familiar.

A manhã é dedicada a passeios. Verdadeiras multidões acorrem aos parques da cidade. Que são vários e bonitos: a cidade é conhecida por suas áreas verdes. O mais antigo e tradicional é o parque Farroupilha. Era antes uma região baixa, alagadiça, uma várzea, lugar onde pastavam os cavalos dos carroceiros e onde jogavam humildes times de futebol – até hoje o condescendente e um pouco desdenhoso adjetivo "varzeano" designa um futebol de segunda categoria. Em 1935, por ocasião do centenário da Revolução Farroupilha, o lugar foi aterrado e construído ali um parque, que, no seu desenho, revela muito sobre o imaginário provinciano: há uma imitação de templo budista, uma imitação de vulcão, imitações de pontes orientais... Já que estamos condenados à província, parece ser a mensagem do parque, viajemos pelo menos em imaginação. Mas a árvore petrificada que ali descobri em minha infância é autêntica. Pelas aléias do parque caminhei com meus amigos, depois com minhas namoradas e com meus colegas, a caminho da Faculdade de Medicina; até hoje, o rangido do areão sob a sola dos sapatos remete-me a esse passado. E há muita coisa ali capaz de fascinar crianças e adultos também: o pequeno zoológico, o lago onde se pode andar de pedalinho e onde nadam gordas e preguiçosas carpas, as bicicletas de aluguel. Há dois outros parques, mais recentes (ambos da década de 70): o parque Moinhos de Vento, o Parcão, no lugar onde havia um hipódromo. É um lugar elegante, de classe média alta. Mais popular é o parque Marinha do Brasil, ao longo do Guaíba. Já no Jardim Botânico encontramos uma enorme coleção de árvores e plantas, distribuídas em mais de quarenta hectares.

Mas há um lugar que se tornou programa preferencial do domingo: o Brique da Redenção. A José Bonifácio, que ladeia o Parque Farroupilha e é bela e antiga rua, com árvores frondosas (em alguns lugares as exuberantes raízes chegaram a levantar o asfalto), tem o seu trânsito bloqueado. Ali passa a funcionar o Brique. Essa palavra, que vem do francês *bric-à-brac*, já aportuguesado como bricabraque, designa o lugar onde são vendidos velhos objetos de arte ou artesanato, móveis, roupas, bijuterias e quinquilharias várias. Ou seja, a versão porto-alegrense do Mercado das Pulgas parisiense. Versão modesta, claro; Porto Alegre ainda não tem idade para antiguidades respeitáveis. Mas como as coisas tornam-se rapidamente obsoletas, um gramofone já pode ser visto como coisa pré-histórica. Suspeito, porém, que os freqüentadores do Brique da Redenção não estão em busca de testemunhos da História, com H maiúsculo; querem apenas coisas que recordem o passado da cidade, o seu próprio passado. Lembro da emoção que experimentei quando vi no Brique soldadinhos de chumbo e as estampas do sabonete Eucalol. E os livros antigos, e os discos de vinil, e os relógios de pêndulo...

O Brique é um lugar de encontros, e até de shows musicais – o que é facilitado pela proximidade do parque. Políticos ali vão para confraternizar com possíveis eleitores, e, embora adversários ocasionalmente se vejam frente a frente, não há bate-boca ou agressões. O domingo porto-alegrense é amável.

Asas à imaginação

Um outro programa, que torna Porto Alegre parecida a São Paulo, é o passeio ao aeroporto, não muito distante do centro da cidade. Passagens aéreas são caras, e quem não pode viajar pode ao menos olhar as aeronaves decolando e talvez imaginar-se a bordo, rumando para aqueles lugares cujas fotos coloridas aparecem nos suplementos turísticos dos jornais. Ah, a nostalgia daqueles olhares, a nostalgia dos lugares jamais visitados, mas sempre imaginados... O Rio de Janeiro, por exemplo, sempre foi um clássico sonho gaúcho. Ter um apartamento em Copacabana equivalia a ter um lugar no céu, à mão direita de Deus, e com a praia perto – sem que fosse preciso amarrar os cavalos no obelisco da avenida Rio Branco, como na Revolução de 1930. E não só os nativos de Porto Alegre vão ao aeroporto; do interior chegam ônibus cheios de gente ansiosa por ver os aviões.

Chega a hora do almoço, e aí, claro, um bom programa é o churrasco, ou então ir aos restaurantes, sempre cheios: churrascarias são locais preferidos. Para a tarde há duas possibilidades: ou é dia de Grenal ou não é. Se é dia de Grenal, nada mais tem importância. Aliás, o dia de Grenal começa já pela manhã, com as bandeiras de ambos os clubes penduradas em sacadas ou afixadas nos automóveis.

Ao cair da tarde, os porto-alegrenses voltam para casa. Mas antes passam nas padarias para comprar pão e frios: o jantar de domingo é o clássico café com sanduíches. Depois do jantar, a tevê, e aí, naturalmente, Porto Alegre passa a fazer parte do Brasil.

O esporte em
Porto Alegre

OS CAVALINHOS CORRENDO

O primeiro esporte de Porto Alegre foi a corrida de cavalos. Entre parênteses, nem todos concordarão que se trata de um esporte: quem corre, quem se esfalfa é, a rigor, o cavalo; e faz isto não porque gosta, mas porque foi treinado para tal. Mas como os adeptos do turfe se consideram esportistas (trata-se do "esporte das rédeas"), vamos deixar essa bizantina discussão de lado.

No Rio Grande do Sul a corrida de cavalos é uma decorrência lógica da importância que teve o eqüino na história, na economia, na cultura do estado. Não é uma invenção gaúcha, obviamente, mas tem peculiaridades gauchescas. Nas cidades européias, o hipódromo era um lugar elegante (*remember* Ascot, na Inglaterra), freqüentado inclusive por damas de alta sociedade; no Rio Grande era uma disputa rústica, ainda que entusiasmada: a famosa corrida em cancha reta, existente até hoje. Cancha reta porque, diferente do hipódromo, tratava-se de um lugar no campo onde os competidores, em geral dois, corriam em linha reta até o lugar predeterminado. Não havia pista, não havia arquibancadas.

Havia a aposta em dinheiro, sim, sem a intermediação dos hipódromos.

No final do século 19 as coisas mudaram. Afinal, o país civilizava-se, na expressão de um cronista da época. E civilização significava também estabelecer um lugar adequado, elegante se possível, para as corridas de cavalos. Isto já tinha sido feito no Rio, em São Paulo e em Pelotas, que, entre parênteses, foi, em certa época, a cidade mais sofisticada do Rio Grande do Sul. O que, de novo, tem uma explicação. Para Pelotas convergia toda a riqueza resultante da exportação da carne e do couro do pampa gaúcho. A cidade gozava de uma prosperidade invejável; companhias líricas vinham direto da Europa para ali realizar temporadas.

Em 1872, conta Sérgio da Costa Franco, veio a Porto Alegre um professor de equitação que era também um entusiasta do turfe, o capitão Luis Jácome de Abreu e Souza. O capitão promoveu algumas corridas de cavalos no Campo da Redenção, que se transformou num hipódromo improvisado. A partir daí surgiram vários hipódromos em Porto Alegre, um dos quais (o Prado Boa Vista) foi visitado até pela Princesa Isabel. Surgiram depois o Prado Rio-Grandense, o Prado Navegantes, o Prado Independência. Aos poucos o turfe modelo europeu foi se impondo. Não sem resistência; a cancha reta tinha seus adeptos. Por causa disto, o Prado Rio-Grandense permitia corridas resultantes de desafio entre particulares; só dois cavalos podiam participar, obedecendo às regras do turfe: selins, por exemplo, eram obrigatórios. Corrida em pêlo, como na cancha reta, de jeito nenhum.

A partir daí, o turfe se firmou. Surgiu inclusive um prêmio famoso, o Grande Prêmio Bento Gonçalves, homenagem ao líder da Revolução Farroupilha. Particularmente, sou grato a esse prêmio. Não porque o tenha ganho – nunca apostei em corrida de cavalos –, mas por razões literárias. Numa das ocasiões em que a disputa foi realizada, escrevi uma crônica a respeito, no jornal *Zero Hora*. Era uma historinha fantasiosa, em que um centauro participa na corrida e vence, levantando o problema: pode ou não um centauro disputar um páreo no Jockey Clube? Como crônica, não era grande coisa, e normalmente eu a teria esquecido, mas a idéia não me saía da cabeça. Transformei-a num conto, depois numa pequena novela, depois num romance, *O centauro no jardim*, cujo personagem vive as dores de sua dupla identidade.

O KART DE OUTRORA

Falando em corrida, a geografia da cidade, com seus morros, gerou um outro esporte que, acho, só se desenvolveu em Porto Alegre: a corrida de carrinhos de lomba. Lomba é o gauchês para ladeira, coisa que não falta em Porto Alegre: temos a lomba do Cemitério, a lomba do Oitavo (por causa do Batalhão de Infantaria ali sediado), a lomba do Americano (por causa do Colégio Americano). Martírio para os idosos, as lombas faziam, contudo, a delícia da garotada, exatamente por causa dos carrinhos. Estes eram em geral construídos pelos próprios meninos: uma tábua, dois eixos, o de trás fixo, o da frente móvel, com espaço para os pés, que dirigiam o veículo. As rodas eram de rolimãs (uma corruptela de *roulement*). Os rolamentos de rodas, em duro aço, transformavam-se, nos carrinhos, em rodas propriamente ditas, resistentes ao atrito com as pedras do calçamento. E assim, do alto das lombas, precipitavam-se os audazes volantes, levando o pânico aos transeuntes e, sobretudo, aos pais. Chegando lá embaixo, colocavam o carrinho sob o braço e subiam a pé, para nova descida. Um adulto questionaria a relação custo-benefício nessa diversão; mas os garotos não tinham nenhuma dúvida a respeito. Aquilo era para eles o máximo em emoção, uma mistura de montanha-russa com corrida de Fórmula 1. Aliás, lá pelas tantas foi lançada, em caráter oficial, uma corrida de carrinhos de lomba. Numa das principais ruas da cidade, a Dom Pedro II, uma longa e asfaltada ladeira, o tráfego era interditado e os automóveis davam lugar aos carrinhos de lomba, depois substituídos pelo *skate*, que além da sofisticação tecnológica introduziu a posição em pé, semelhante à do surfe.

O FUTEBOL, CLARO

Cavalos, lombas. Tudo bem, mas Porto Alegre é Brasil, e sendo Brasil, o esporte é futebol. Ou, melhor dizendo, a dupla Grenal, Grêmio e Internacional. Porto Alegre tem suas rivalidades políticas e culturais; mas em matéria de rivalidades nada se compara àquela que opõe gremistas e colorados. É algo tipo guelfos e gibelinos, tipo mouros e cristãos – por aí (só não perguntem quem é quem). Em Porto Alegre, todo mundo sabe que vermelho é Inter e azul é Grêmio, e a simples visão dessas cores é capaz de causar convulsão nos torcedores mais fanáticos. Mesmo os cronistas se dividem. Luis Fernando Verissimo é do Inter. Já Paulo Sant'Ana, o colunista mais lido no Rio Grande do Sul, despontou na preferência popular quando resolveu acabar com aquela aparente neutralidade que os cronistas esportivos gostam de ostentar e assumiu publicamente a sua condição de gremista. Quando o Grêmio ganhou um campeonato, ele apareceu no estádio vestido como Papai Noel – mas numa fantasia azul, não vermelha.

O Grêmio Football Porto-Alegrense largou na frente: nasceu primeiro, a 15 de setembro de 1903. O cenário era prosaico: um salão de barbearia. Ali se reuniram vários amigos, um dos quais, Cândido Dias da Silva, tinha recebido uma bola de futebol e estava, conta Sérgio da Costa Franco, ansioso por experimentá-la. O primeiro campo de futebol do Grêmio localizava-se no depois aristocrático bairro de Moinhos de Ventos. Embora seja esta uma região alta, havia ali, na rua Mostardeiro, uma baixada, e por isso o Grêmio ficou conhecido como o "clube da Baixada".

Seis anos depois, a 4 de abril de 1909, surgia o Sport Club Internacional. A grafia é essa mesma, "Sport Club". Não podemos nos esquecer que o futebol, "o esporte bretão", segundo os cronistas esportivos de outrora, foi introduzido no Brasil, em São Paulo mais precisamente, por ingleses. De São Paulo eram os três jovens, Henrique, José e Luís Poppe, que fundaram o time. O nome foi sugestão de Henrique: filho de imigrantes, ele lembrou o sucesso do Internazionale na Itália – e do Internacional de São Paulo. Em matéria de nomes, como se vê, os pioneiros do futebol gaúcho não eram muito originais. Mas a originalidade do futebol brasileiro nunca esteve nos nomes dos clubes.

Como o Grêmio, o Internacional teve seu primeiro campo de futebol numa baixada. Mas era uma baixada diferente, próxima à Ilhota, uma região alagadiça, pobre. Suas cores, branco e vermelho (daí o apelido do time, Colorado), foram provavelmente copiadas de uma sociedade carnavalesca daquela região da cidade, o Venezianos.

Esse começo é simbólico. O Internacional se caracterizou, desde logo, como um time popular, de massas. Já o Grêmio, durante muito tempo recusou negros no time. Uma atitude discriminatória e, no país de Pelé, contraproducente: o time deixava de contar com grandes jogadores. O Inter, ao contrário, tinha um grande número de jogadores negros; Sampaulo, popular chargista, representava o Inter como um esperto crioulinho. De maneira geral, o Inter se saía melhor e passou a ser conhecido como "Rolo Compressor". Finalmente o Grêmio quebrou o tabu e passou também a contratar negros: a democracia étnica chegava aos estádios.

O TIME DA COLINA MELANCÓLICA

Mas o Inter e o Grêmio não eram, obviamente, os únicos times da cidade. E aqui quero falar do meu time, o Sport Club Cruzeiro (não o de Belo Horizonte, o de Porto Alegre). O Cruzeiro, numa época, foi a terceira força do futebol porto-alegrense. Uma força fraca. Uma fraqueza estranha.

Fundado em 1913 (atentem para a década), o Cruzeiro nunca ganhou um campeonato. Mais do que isto, sofria às vezes acachapantes, incríveis derrotas. Lembro de uma partida a que fui assistir, com meu pai, fanático torcedor. Era contra o Força e Luz, o modesto time da companhia de energia elétrica. O campeonato estava no fim, e ambos os times lutavam para se livrar do último lugar. O Cruzeiro estava um ponto à frente do adversário. Bastava-lhe um empate para, pelo menos, escapar à desonra. Quando terminou o primeiro tempo, vencia por três a zero. Vibrávamos: pelo menos nos despediríamos do campeonato com uma consoladora vitória. O Cruzeiro perdeu por quatro a três.

Como era possível torcer por um time assim, indagarão vocês. Boa pergunta. De fato, o Cruzeiro não tinha muitos torcedores: dezoito, segundo os porto-alegrenses. Agora: de onde saiu esse número? Não sei. Talvez tenha algo a ver com a Cabala, para a qual o número dezoito é de bom augúrio: em hebraico, os algarismos são representados por letras, e as letras correspondentes ao dezoito formam a palavra "Chai", vida. Outros acham que há uma analogia com os Dezoito do Forte de Copacabana, aqueles que enfrentaram heroicamente as tropas do governo. De qualquer modo, éramos poucos. Poucos e angustiados. Mas nessa rotina de angústia e sofrimento havia momentos gloriosos. De repente, o Cruzeiro impunha uma surpreendente derrota ao Grêmio ou ao Inter, ou a outros grandes times. E houve uma ocasião em que o time excursionou por vários países do Velho Mundo, voltando com numerosas vitórias. Surgia o autodenominado Leão da Europa. Que, no entanto, nunca mais voltou a rugir.

O Cruzeiro tinha ainda outra particularidade. Seu estádio, aliás modesto, localizava-se num morro conhecido como a Colina Melancólica. O nome não era uma alusão à trajetória do time, mas sim ao fato de que ali ficavam, e ficam, tradicionais cemitérios de Porto Alegre. O estádio estava, portanto, cercado de túmulos. Essa macabra localização valorizava, paradoxalmente, o lugar. À medida que a cidade crescia, e que os óbitos aumentavam, o espaço dos cemitérios tornava-se mais escasso. De modo que, lá pelas tantas, o Cruzeiro, premido por necessidades financeiras, vendeu o seu estádio para um cemitério. O pagamento foi feito, em parte, com jazigos perpétuos, que, como sabem os habitantes de grandes cidades, podem ter cotação apreciável. O Cruzeiro usou esses jazigos perpétuos para comprar passes de jogadores. No dia em que ouvi, na rádio, um humilde jogador dizendo que seu passe havia sido comprado por seis jazigos perpétuos (ou algo no estilo), convenci-me de que estava torcendo por um time surrealista, um time digno de figurar num texto de Kafka ou de García Márquez.

Ser cruzeirista, portanto, era isso, viver entre a melancolia e a euforia, entre a esperança e o desalento. Um drama existencial capaz de desafiar filósofos, psicanalistas, místicos diversos. Confesso que me senti aliviado quando o clube saiu da primeira divisão. Pelo menos nós não sofreríamos mais.

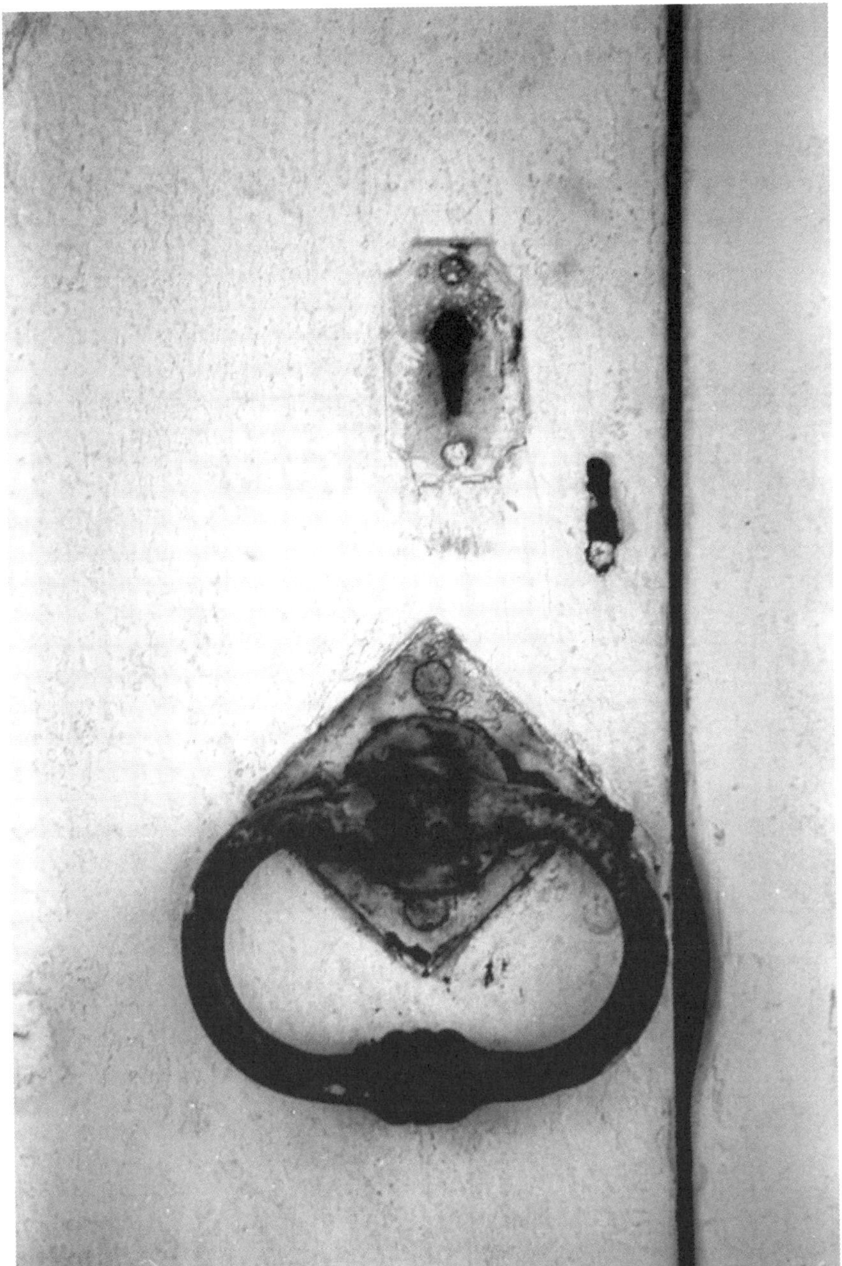

A culinária
porto-alegrense

Porto Alegre não é um reduto mundial da cozinha sofisticada. Se eu tivesse de caracterizar a cidade sob o ponto de vista gastronômico, diria que aqui é um lugar de comida honesta. "Honesta" não é um qualificativo capaz de excitar *gourmets*, mas pelo menos é democrático. Entre parênteses, *gourmets* não faltam em Porto Alegre; é o caso, para ficar num único exemplo, do Luis Fernando Verissimo, que fez sua entrada no mundo da palavra escrita quase que literalmente pela porta da cozinha sofisticada. Depois de trabalhar em vários lugares, no Rio e em Porto Alegre, Verissimo começou a escrever sobre restaurantes para o jornal *Zero Hora*. Ele não assinava a coluna, que logo começou a despertar a atenção, pela qualidade do texto e pelo humor. Ficou claro que atrás do anonimato estava um grande escritor. Não demorou muito e o Verissimo tinha a sua própria coluna (onde, aliás, continuava dando dicas gastronômicas; foi fiel à sua antiga paixão). Daí em diante é história conhecida.

À exceção dos *gourmets*, a maioria dos porto-alegrenses parece ter gostos simples. Por exemplo: durante muito tempo fez um sucesso extraordinário um lugar chamado Zé do Passaporte. O que era? Um simples *trailer* estacionado no Parque Farroupilha, que vendia única e exclusivamente cachorros-quentes (não *hot-dogs*; cachorros-quentes mesmo). Multidões de jovens para lá se dirigiam, atraídos pela variedade de molhos que o Zé colocava em seu cachorro-quente (e que alguns temiam; o apelido completo do trailer era, dizia-se, "passaporte para o inferno". Calúnia, provavelmente). O Zé do Passaporte foi sucedido pelo "Cachorro-Quente do Rosário", que tem esse nome por causa do colégio perto do qual está instalado. Seu sucesso não depende só da voracidade adolescente: o cachorro-quente é bom mesmo. Na mesma linha de prática simplicidade está o Bauru do Trianon, que fez até escola: na mesma Protásio Alves, onde está localizado, surgiram casas similares. Um verdadeiro eixo do bauru porto-alegrense. Mas é claro que temos restaurantes tradicionais: o Gambrinus, no Mercado Público; o Copacabana, na praça Garibaldi (comida italiana); a churrascaria Barranco, que numa época foi lugar de encontro para esportistas, jornalistas e políticos. E aí, uma variedade de estabelecimentos: Steinhaus (comida alemã), Na Brasa (rodízio), Spina (comida italiana), Birra e Pasta (onde a nutrição espiritual se soma à corporal: é um tradicional local de lançamento de livros).

Mas é claro que a culinária porto-alegrense tem peculiaridades. Ela sintetiza as influências culinárias no Rio Grande do Sul, estas, por sua vez, resultantes dos diferentes grupos de povoamento. E aqui temos de falar, em primeiro lugar, no churrasco.

O gaúcho é um carnívoro por excelência. Proteína não lhe falta na dieta (infelizmente, gordura também não). O que pode ser um motivo de orgulho: afinal, a proteína é o elemento nobre da alimentação, aquilo que cria músculos e portanto dá poder. Todas as culturas sabem disso, e todas as culturas procuram instintivamente o alimento protéico. Só que procuram equilibrá-lo com o hidrato de carbono: é o caso do *fish and chips* inglês, o peixe com batatas, ou, no caso do Brasil, o feijão com arroz. O gaúcho sempre relutou em adicionar hidratos de carbono ao churrasco; farinha de mandioca tudo bem, para absorver o sumo da carne; também o arroz de carreteiro era aceitável (ver no fim deste capítulo), mas aí já era coisa de pobre. Carne é carne e se impõe, às vezes para surpresa e susto de visitantes. Uma vez veio a Porto Alegre minha tradutora para o francês. Chegou num domingo, e levei-a para almoçar – numa churrascaria, naturalmente. Mal entramos, ela empalideceu. Apreensivo, perguntei o que tinha acontecido.

– Sou vegetariana – balbuciou ela, tomada de compreensível terror: afinal, via carne sangrenta por todos os lados...

Consternado, dei-me conta: aquela era uma possibilidade que sequer me ocorrera. Como pudera uma vegetariana penetrar em território gaúcho? Uma vez tendo penetrado, como sobrevivera ao ar do domingo, saturado do cheiro de churrasco? Mas acontecera. Agora: a hospitalidade gaúcha prevaleceu. O dono da churrascaria, ainda que intrigado, conseguiu compor um belo prato, todo à base de vegetais.

O Rio Grande do Sul nasceu sob o signo da carne.

Inevitável, considerando que a criação de gado foi a sua primeira grande atividade econômica. O gaúcho comia carne pela manhã, ao meio-dia e à noite. Comer não quer dizer necessariamente saborear: era uma refeição rústica, que consistia em abater a rês, enfiar a carne num espeto feito de um galho de árvore e assar essa carne num fogo de chão. "Assar" significava apenas tostá-la um pouco. Os índios comiam-na quase crua, o boi ainda berrando, como se diz por aqui. Eis como o tradicionalista Barbosa Lessa descreve, em versos, a gênese do churrasco:

> *Quando o gaúcho surgiu,*
> *meio gaudério, vadio,*
> *não tinha pouso nem nada*
> *a não ser o pingo, a estrada*
> *e um bom poncho contra o frio;*
> *bastou um fogo de chão*
> *e a cuia de chimarrão*
> *pra se aquecer de amizade*
> *e ter hospitalidade*
> *neste templo que é o galpão.*
> *Como alimento, o gaúcho*
> *trouxe algo que, até hoje,*
> *faz com que a gente se ajouje*
> *à vida simples, amena:*
> *é o churrasco – temperado*
> *só com o sal e reforçado*
> *com o suco da carne buena.*

Mas o churrasco também se sofisticou, graças sobretudo à urbanização. A churrascaria tornou-se o restaurante típico das cidades gaúchas. O churrasco agora era servido em mesas, para as quais eram trazidos os espetos. Podia haver uma salada de entrada e algum acompanhamento sob forma de farinha de mandioca ou de pão, mas isso era tudo. A arte estava na seleção da carne e na maneira de assar.

Esse era o churrasco tradicional. Que acabou sendo influenciado, sobretudo pelos descendentes de imigrantes italianos, que introduziram, e de maneira vitoriosa, o conceito de "espeto corrido", ou rodízio. Qual a diferença deste com o churrasco tradicional? Em primeiro lugar, o espeto corrido é muito mais diversificado. Tem carne, claro, e carne excelente, mas tem também sopa, massa, polenta... Ou seja: hidratos de carbono em profusão. O que é um amável truque, desses truques tão freqüentes na cozinha do pobre. Hidratos de carbono matam a fome sem serem caros como a carne. Esta passa pela mesa, e passa tantas vezes quanto o comensal quiser, mas ela só passa, não fica, o que tem a grande vantagem de evitar o desperdício. E torna a refeição mais variada, mais animada, envolvendo até um desafio quanto à capacidade de enfrentar aquela pantagruélica oferta de alimento. Conclusão: o espeto corrido é um feliz casamento entre o gaúcho e a *mamma* italiana. Finalmente, e já que ir a uma churrascaria é parte obrigatória do roteiro turístico, vários estabelecimentos apresentam também shows de música e dança.

A churrascaria é uma instituição. Mas há outra, tão ou mais importante, que é o churrasco em casa. Nos domingos pela manhã é possível ver a fumaça saindo de chaminés, de pátios, de terraços de prédios. E, mais importante, é possível sentir o cheiro de churrasco invadindo a cidade como uma maré.

O churrasco de domingo é antes de tudo um ritual. Anunciado: "Amanhã vamos ter churrasco". O dono da casa toma todas as providências. É ele quem vai ao açougue ou ao supermercado, é ele quem compra a carne, um procedimento que está longe de ser simples. Exige, em primeiro lugar, não apenas amizade, mas uma verdadeira cumplicidade com o açougueiro; conquistado, esse enigmático personagem transforma-se num prestimoso aliado, guardando para seus clientes prediletos as melhores carnes. E qual é a melhor carne? A costela, dirá a maioria. Não é uma carne macia, mas quem quer maciez? Certa resistência é necessária. Os dentes têm de lutar contra as fibras, têm de mostrar quem é mais forte. Mas o desfecho dessa luta é, naturalmente, mais do que previsível. No fundo, a carne é fraca.

O gaúcho quer o que chama de costela gorda, que vem com uma boa camada de carne, com gordura, e é coberta pelo matambre, uma manta de carne mais dura. O nome matambre vem do espanhol, *mata hambre*, mata fome, porque é a primeira parte servida no churrasco, servindo para acalmar a voracidade dos convivas.

Falamos em costela, mas nem só dela vive o churrasco. Maminha e picanha também são ótimas, desde que assadas em peças inteiras: churrasco, pelo amor de Deus, não é bife. Carne de ovelha, lombo de porco e lingüiça vêm bem. Mas há dois tipos de carne diante dos quais o gaúcho hesita: frango e peixe. Frango, só em caso de doença; peixe, só na Sexta-Feira Santa – existe uma tradicional Feira do Peixe funcionando em Porto Alegre nessa época. Ou seja: carne branca, "fraca", não. Outra coisa que não é habitual: salada verde. É pasto, dirá o gaúcho, não sem desprezo.

Junto com a carne é preciso comprar o carvão que vai assá-la. Carvão, sim. Existem churrasqueiras a gás, que podem até ser mais práticas, mas de novo, quem quer praticidade? Melhor dizendo, quem quer só a praticidade? O ritual do churrasco exige uma dosada combinação do antigo e do moderno, do tosco e do sofisticado. Porque ele é uma volta ao passado.

Quem faz o churrasco é o homem. Não homens com vocação para cozinheiros; aliás, freqüentemente são homens que habitualmente não freqüentam a cozinha. Churrasco nada tem a ver com cozinhar, com o preparo de uma refeição. Para fazer churrasco, a única credencial necessária é ser o chefe da família, do clã (o churrasco é sempre uma ocasião para reunir filhos, netos, parentes). Esse é o momento em que o homem se mostra como alimentador, não apenas como o fornecedor do dinheiro para a comida. Em toda a minha vida de gaúcho vi apenas uma vez o churrasco ser preparado por uma mulher; realizou-se na casa de um professor que, pouco familiarizado com o *métier*, delegou a tarefa à sua empregada. Lá pelas tantas, chegou um dos convidados, um senhor de idade. Ao ver aquela cena, a seus olhos dantesca, bateu em retirada, ofendido. Churrasco é, sim, coisa para macho. Comprova-o o uso do espeto, que lembra uma espada e é um utensílio inegavelmente fálico.

Na preparação da carne, o único tempero admissível, para desgosto dos adeptos da cozinha francesa, é o sal grosso. Grosso por afinidade com os churrasqueiros? Não, grosso por razões práticas: o sal grosso demora mais a penetrar na carne, e portanto não vai salgá-la em demasia. Há diversas técnicas para salgar o churrasco – e vocês já estão vendo que a combinação de carne vermelha, de gordura, de sal não é a melhor receita para o aparelho circulatório. Também existem várias técnicas para acender o carvão, sobre cujas brasas será assada a carne.

Assar o churrasco é um ato solitário. A família e os amigos estão sentados à mesa, o churrasqueiro no seu posto, manejando os espetos. É inevitável que um ou outro convidado se aproxime, para fazer companhia ao dono da casa e dar algum conselho não solicitado, e motivado em parte pela solidariedade e em parte pela fome propriamente dita. Com essa fome, aliás, conta o churrasqueiro; ela encobertará qualquer falha. De modo que não pode haver pressa. Pode, isto sim, circular a caipirinha, a lingüiça, o matambre. Mas o churrasco entrará a seu tempo. E será uma entrada triunfal.

Também é importante, e diversificada, a contribuição culinária dos imigrantes alemães. Em primeiro lugar tem de ser mencionada aquela mais germânica das bebidas, a cerveja. Relata o cronista Athos Damasceno que, durante a segunda metade do século 19, surgiram, na cidade, nada menos de vinte e uma cervejarias. Estabelecimentos familiares, conhecidos pelos nomes dos proprietários: a cervejaria dos Kauffmann, a cervejaria do Christoffel, a cervejaria do Carlos Bopp, a cervejaria do Ritter. Pitorescas eram as marcas: havia uma cerveja Porco; em compensação existia uma outra, chamada Viva a Pátria, destinada especialmente a eventos cívicos, e que era fabricada não com a suspeita água do Guaíba, mas com a água de uma fonte particular. Frederico Christoffel, por sua vez, não confiava muito na cevada e no lúpulo da província; importava-os da Alemanha. "O que é melhor é sempre melhor", era o seu lema, que não pode ser caracterizado exatamente pela originalidade. Apesar dessa suposta supremacia, tinha concorrentes. Quando lançou a cerveja Sogra, Schmidt, que também brigava pelo mercado, respondeu com a Nora. Gerou-se imediatamente uma polêmica, com os beberrões dividindo-se em dois partidos, um da Sogra, outro da Nora. Quem resolveu a disputa foi um poeta boêmio, através de espirituosos versinhos:

> *Nessas questões de família,*
> *meu lado é o lado de fora...*
> *Quem quiser que compre a briga,*
> *Eu fico com a Sogra e a Nora.*

Esta foi uma briga bem-humorada. Mas às vezes os cervejeiros partiam para a agressão. Em 1892, propalou-se na cidade que Christoffel fabricava cerveja usando... ácido sulfúrico, procedimento rotulado como "criminoso atentado à saúde pública". O governo teve de nomear uma comissão de técnicos para investigar o caso. A cerveja de Christoffel foi absolvida. A cerveja era consumida em todos os lugares, inclusive nos hotéis ("A qualquer hora do dia ou da noite", dizia a propaganda de um deles), mas principalmente nos "chalés" (casas em estilo colonial alemão), nos "recreios", localizados nos arredores da cidade, e nos "bosques", lugares com mesas e bancos rústicos, à sombra de árvores. O Bosque do Vasques, por exemplo, era decorado com palmeiras e arbustos ornamentais. A cerveja ali era anunciada em versos que não são propriamente a glória da poesia gaúcha:

Há de tudo aqui barato,
cerveja da melhor marca,
dessas que arredam a gente
da atroz morte e fatal Parca.

Parca é a figura mitológica que representava a morte; a redundância é necessária para obter a rima com "marca". Aliás, nota Damasceno, a cerveja representou um estímulo considerável à poesia gaúcha. Em 1900, a Cerveja Culmbacher, de Pelotas, promoveu um concurso de poesia, cujo tema era, exatamente, a Culmbacher. Ganhou o poeta Zeferino Brasil com o poema *O mandarim*. Nele é narrada a história de um mandarim, "que, num quiosque encantado / todo de ouro rendilhado/ sonhava e fumava ópio". O problema é que esse hábito estava lhe fazendo mal: "De negro tédio morria/ que o ópio que ele fumava / pouco a pouco o envenenava". Mas, continua, o poeta, "um dia uma linda fada/ numa túnica estrelada / este conselho lhe deu / que de tanto valeu: 'Se queres viver feliz / alegre como um petiz / prova a cerveja famosa / a Culmbacher deliciosa' ". Seguindo o conselho, o mandarim viu-se livre do nefando vício do ópio: "Agora vive a sonhar / com visões cor de luar". O poeta não diz, porque claramente não lhe convinha, se essas visões resultavam de alegre bebedeira. Em todo caso, considera a cerveja superior ao ópio, mesmo porque, afinal, foi ela quem lhe deu o prêmio.

O segundo colocado foi Marcelo Gama, pseudônimo do poeta Possidônio Machado. Marcelo Gama dá nome a uma das ruas de Porto Alegre, o que, aliás, resolveu um problema. Descobriu-se que havia dois logradouros com o nome do Barão de Santo Ângelo (Manoel de Araújo Porto Alegre). Assim, a ruela mais modesta foi rebatizada com o nome de Marcelo Gama: poeta, pelo jeito, dificilmente darão nome a avenidas. O poema que apresentou ao concurso chamava-se *Encíclica*, porque, em vez de invocar um mandarim fumador de ópio, resolveu apelar direto para o Papa Leão XIII, tornando-o o autor de uma fictícia encíclica, que proclama:

> *Considerando que, nos dias de verão,*
> *têm-se produzido aí freqüentemente*
> *casos de insolação*
> *e que não há no clero um padre só que agüente*
> *o calor, celebrando o santo sacrifício;*
> *considerando mais que, tudo evoluindo,*
> *é preciso também evoluir a Igreja;*
> *entendemos prestar ao clero um benefício*
> *por ocasião da missa o vinho proibindo*
> *e mandando adotar a superior cerveja Culmbacher.*

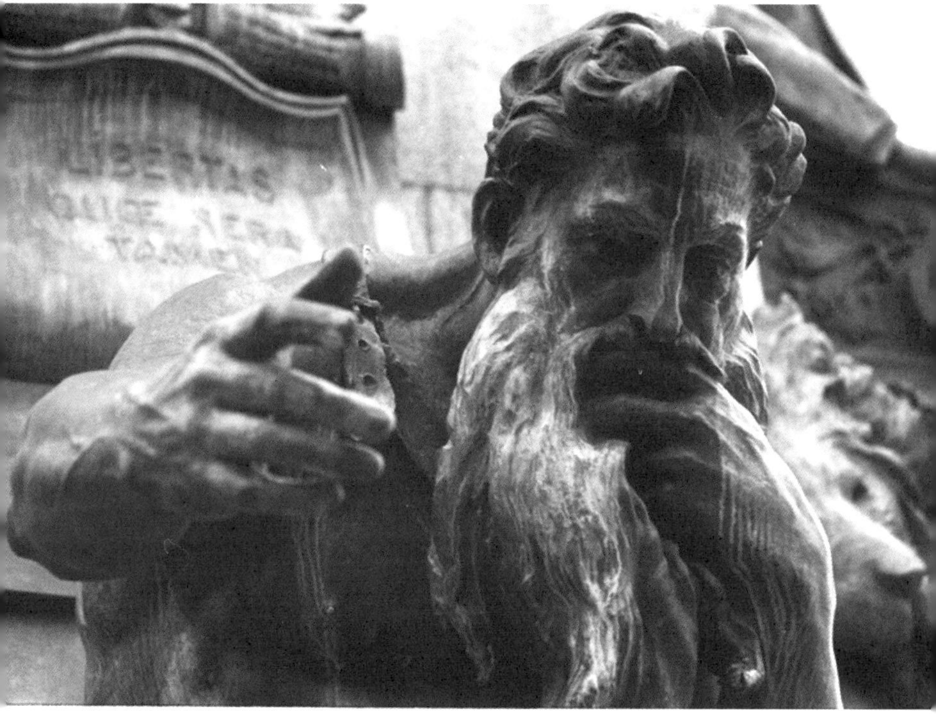

O poema terminava aí, mesmo porque, constatava desolado o poeta, "não há no Vaticano uma só rima em 'acher' ". Mas é, convenhamos, uma peça poética original e até ousada, criando uma espécie de teologia da cerveja. O terceiro lugar não aspirava a tanto, sob o pseudônimo de Otávio Biloca, clara alusão a Bilac, fez um pastiche do poema deste:

*Ora, direis, "beber cerveja, certo
és louco ou besta!" Eu vos direi, no entanto,
que bebo, e quando bebo fico esperto
e fico esperto e bêbado de encanto.*

Mas a contribuição alemã à mesa porto-alegrense não se restringe à cerveja. Culinária gaúcha, e porto-alegrense, é representada pelos restaurantes alemães – vários na cidade, todos caracterizados pela limpeza e pela sóbria elegância –, pelos bares, com a clássica combinação do chope e do sanduíche aberto, e ainda pelas confeitarias.

Diferente do Nordeste, o Rio Grande não foi um bom lugar para plantar cana. Faltando cana, falta açúcar, que era até importado de outras regiões. Famílias de posses guardavam-no em boiões colocados na cumeeira das casas – provavelmente por ser um lugar seguro. Por outro lado, havia a tradição portuguesa – e açoriana – da doçaria. De modo que, mesmo escasso, o açúcar era usado em doces, muitas vezes humildes, como o de abóbora e o de batata-doce, este recomendado pelos tradicionais versinhos:

> *O doce perguntou pro doce*
> *qual era o doce mais doce.*
> *E o doce disse pro doce*
> *que o doce que era mais doce*
> *era o doce de batata-doce.*

Uma cidade veio a ficar célebre no Rio Grande por seus doces: Pelotas. Por causa da riqueza que numa época ali se acumulou, a arte da doçaria sofisticou-se, sempre dentro da tradição portuguesa, tão celebrada por Gilberto Freyre, e representada pelos bem-casados, barrigas-de-freira, baba-de-moça... Uma produção de mãos virtuosas:

> *Lá na terra de Pelotas*
> *as moças vivem fechadas.*
> *De dia fazem biscoitos,*
> *de noite bailam caladas.*

Mas Porto Alegre recebeu a contribuição da confeitaria alemã. Com uma vantagem: os alemães, observa Damasceno, não abusam do açúcar; usam-no mais por fora do doce do que por dentro, ou seja, simplesmente polvilhado na superfície. É o caso das tortas de maçã e dos folheados. Além disto, não se restringiram à produção artesanal, partiram para a indústra. O melhor exemplo talvez seja a Fábrica de Chocolates Neugebauer, fundada em 1891.

Finalmente, existem também os chineses e os japoneses, sem falar na contribuição dos *hermanos* uruguaios e argentinos, também carnívoros eméritos, que trouxeram para o Rio Grande o grelhado como alternativa ao churrasco clássico. É preciso dizer que boa parte da história da cidade está ligada a restaurantes, em sua maioria muito simples: o "Dona Maria", já fechado, reunia jornalistas e intelectuais (o mesmo fazem hoje o "Copacabana" e o "Gambrinus", este no Mercado Público).

Para concluir, uma receita. Ela comprova, entre outras coisas, que a culinária gaúcha não é só o churrasco. Trata-se de meu prato campeiro predileto, o arroz-de-carreteiro. Comida simples, mas honesta, a energia do hidrato de carbono com a solidez da proteína.

INGREDIENTES (PARA QUATRO PESSOAS):
500g de charque
200g de cebola picada
60ml de óleo
600ml de água
500g de arroz
2 dentes de alho, picados

MODO DE PREPARAR:

Na véspera, lave bem o charque (não esqueça que é carne salgada) e deixe-o de molho em água, trocando-a várias vezes. No dia, corte o charque em pedaços (não muito miúdos: não é picadinho!), junte a cebola e o alho e refogue no óleo. Acrescente o arroz, mexendo bem para refogá-lo. Deixe cozinhar, mexendo bem. É só isso.

Uma arqueologia do sexo em Porto Alegre

NO COMEÇO, JÁ ERA O SEXO

Regiões como o Rio Grande do Sul, que são cenário de sangrentas batalhas, têm uma população predominantemente masculina. Esse fato condiciona, ao menos por algum tempo, o panorama sexual, no qual inevitavelmente aparecerão as chamadas mulheres de vida fácil e suas instituições: randevus, cabarés, bordéis, lupanares, prostíbulos... puteiros.

Porto Alegre tem, nesse sentido, uma história muito rica – e muito antiga. Já no século 18, havia um local perto do início da rua da Praia conhecido como rua dos Pecados Mortais (na verdade o pecado era um só, o do sexo; o exagero corria à conta dos virtuosos). Muito mais tarde, conta Eloy Terra, surgiram ali sete casinhas, um conjunto que era o avô dos motéis porto-alegrenses. O nome então mudou para rua dos Sete Pecados. Também a rua do Arco da Velha, próxima à Santa Casa, gozava de má fama. Mas, como outros logradouros, foi com o tempo "saneada". E aí passou a se chamar rua da Caridade.

Alguns bordéis marcaram época na cidade – mesmo porque o bordel não é apenas um estabelecimento que oferece mulheres, é um ponto de encontro, um centro de convivência para políticos, empresários, intelectuais até.

UMA CLASSIFICAÇÃO DOS BORDÉIS

Há uma taxionomia dos bordéis porto-alegrenses, baseada principalmente em dois elementos: um geográfico, referente à localização; o outro referente ao *status* das mulheres e de seus freqüentadores, traduzidos na tabela dos preços. Os dois condicionantes, naturalmente, estão ligados: em matéria de cidades, geografia é destino. Os bordéis mais populares ficam próximos aos locais de acesso à cidade: a estação ferroviária, a estação rodoviária, o cais. Como outros estabelecimentos, tendem a agrupar-se, para facilitar a vida do cliente que está em busca do chamado comércio sexual. No caso de uma rua, a Voluntários da Pátria (sim, Porto Alegre também homenageou a guerra do Paraguai), coincidia com o comércio propriamente dito, basicamente de lojinhas (cujos proprietários – de novo, não por acaso – eram muitas vezes de origem árabe ou judaica). Outro lugar de bordéis populares era a Cidade Baixa. Famosa ficou a rua Pantaleão Telles, outrora situada à beira do Guaíba; nos anos 40 e 50, eram numerosas as casas de tolerância – a tal ponto que "Pantaleão" ficou meio sinônimo de lugar de prostituição. Agora: não é interessante que Vargas Llosa tenha dado a seu livro sobre um militar que providenciava prostitutas para a tropa o título de *Pantaleão e as visitadoras*? Coincidência, decerto, mas esse "Panta" aí é suspeito: ele bem pode falar de *pantallones*, de calças arriadas. Ou pode falar de um Pantagruel voltado ao sexo. O certo é que, lá pelas tantas, os moradores do logradouro conseguiram que os prostíbulos fossem dali removidos; e quando isto aconteceu, exigiram que o nome da rua fosse trocado; Pantaleão Telles, que na vida real era apenas major, deu lugar a Washington Luís, o sisudo presidente da República.

Esse episódio de troca de nomes se repetiu com outra rua de meretrício: a Cabo Rocha, que homenageava um dos combatentes da Revolução Farroupilha de 1835. Se o major Pantaleão Telles não havia resistido, muito menos poderia tê-lo feito um cabo. Quando o baixo meretrício (ah, esta expressão fala por si) foi dali retirado, a rua recebeu o nome de Freitas e Castro, médico, sanitarista, diretor da Faculdade de Medicina. O logradouro subiu na vida, portanto. Em termos, contudo; porque antes de ser Cabo Rocha, atendera pelo pomposo nome de rua Sans Souci, uma alusão, conta o historiador Sérgio da Costa Franco, ao famoso castelo real de Frederico II, rei da Prússia.

Exemplos (não muito exemplares) famosos

Havia casas famosas. Três delas no centro da cidade: o Marabá, o Maipu e o American Boîte. Este último com nome significativo: *boîte* era grafada assim mesmo, porque o francês, numa época, era *de rigueur*, sobretudo em assuntos concernentes a sexo; mas, de outra parte, saudava-se como o "American", a ascensão dos Estados Unidos como potência. Depois de dançar e de pagar uma bebida às mulheres (consumação obrigatória), vinha o momento do sexo propriamente dito, no quarto. Para cujo aluguel havia uma tabela, começando com "Instante" – expressão que, no caso dos adolescentes, era infelizmente verdadeira, dada a tendência para a ejaculação precoce, tendência essa reforçada pela inexperiência, pela ansiedade, pelo medo às doenças, a sífilis, a gonorréia e o piolho do púbis, conhecido como "chato" (e era chato mesmo: provocava uma coceira insuportável). Instante, em suma, podia ser mágico, ou, mais freqüentemente, decepcionante, mas de qualquer maneira o quarto tinha de ser pago. Anos depois do desaparecimento dessas três casas, surgiu uma polêmica referente à memória porto-alegrense – mais especificamente, referente à memória daqueles que tinham sido adolescentes nos anos 50: dispunha o Maipu de quartos? Numerosos artigos apareceram na imprensa a esse respeito: eu dizia que não, que o Maipu carecia de tais facilidades, o Verissimo jurava que sim. Depois se esclareceu que o Maipu tivera, sim, quartos – não acessíveis, claro, aos freqüentadores sem grana, que compreensivelmente prefeririam negar a existência dos aposentos a admitir sua indigência.

Fora do centro havia outras casas. Aquelas que ficavam na Zona Sul eram, claro, mais sofisticadas. Uma delas era a Marly, tão famosa que um viaduto, construído na avenida em frente, ficou conhecido como o "viaduto da Marly". Como a utilidade desse viaduto, de início, não parecia evidente – levava do nada para o coisa nenhuma, segundo os porto-alegrenses –, surgiu a versão de que se trataria de um monumento em homenagem à famosa dama da noite, cuja casa era, de fato, muito acolhedora.

Mas não chegava aos pés da Mônica. Nada chegava aos pés da Mônica. Na Zona Sul, mas afastada do centro da cidade, a Mônica tornou-se uma atração turística. Visitantes ilustres (desde que não acompanhados de suas esposas, claro) para lá eram levados. O que impressionava, na casa da Mônica, não era tanto o padrão das mulheres, obviamente elevado, nem o excelente serviço; era a decoração. Havia um famoso Quarto dos Espelhos onde o visitante, fazendo amor, podia-se observar de vários ângulos e assim descobrir aspectos insuspeitados sobre o seu próprio desempenho sexual.

Os rapazes sem grana e sua vida sexual

Mas aqui já estamos voando alto – muito mais alto do que eu e meus amigos, por exemplo, podíamos ousar. Para os curtos de grana, que não tinham sequer dinheiro para um quarto, havia uma outra alternativa, que era pegar mulheres na rua. Para isto colaborava o tamanho dos velhos carros de nossos pais, de marcas como Oldsmobile, Buick, Nash, Mercury. Todos dispunham de largos bancos, capazes de funcionar como cama. O que fazíamos, então, era rumar para o centro da cidade, para os pontos fixos onde estavam as mulheres – pontos estes que aliás as identificavam. As que ficavam perto da Companhia Telefônica eram as "tele-

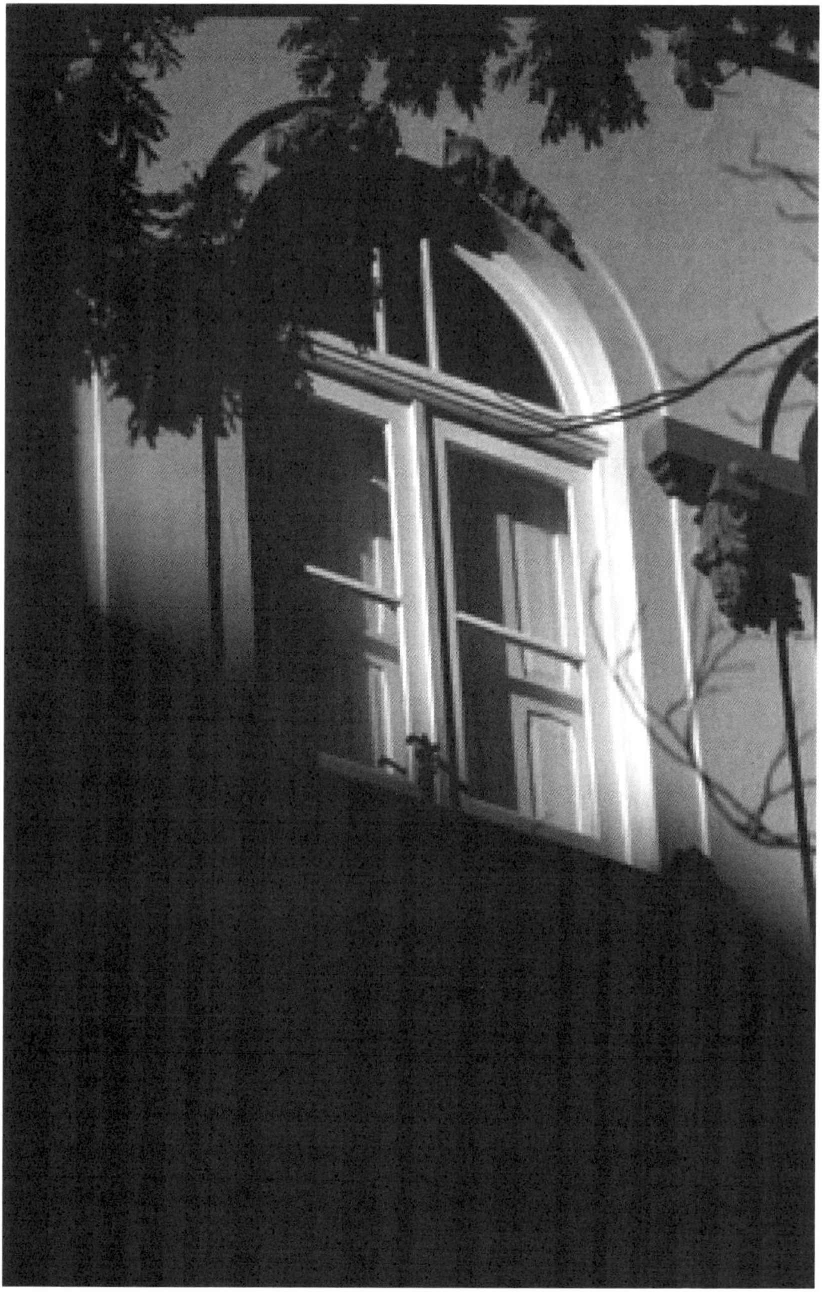

fonistas". Outras, que estacionavam perto de um posto de gasolina com formato de avião – uma das curiosidades de Porto Alegre – eram as "aeromoças". Todas polivalentes, por assim dizer. Todas cobravam barato. E todas se dispunham a atender, em (rápida) sucessão, três ou quatro clientes.

Um dos lugares escolhidos para essa paixão motorizada era a Brizolândia. No final dos anos 50, o aterro ainda não estava consolidado, e por isso não havia ali construções. À noite, o lugar apresentava-se deserto, às vezes com denso nevoeiro, o que facilitava a operação. Enquanto um fazia amor, os outros, pudicamente, esperavam fora, batendo queixo de frio, olhando os carros que sacolejavam ao ritmo do sexo furioso – até o terreno vibrava. Às vezes a polícia aparecia, e então eram fugas precipitadas, dessas que aparecem em filmes americanos tipo B.

A ODISSÉIA DE UMA "POLACA"

Porto Alegre também teve seu quinhão de "polacas". Para cuja história posso dar um depoimento pessoal.

Recém-formado em medicina, fui trabalhar, como clínico, no Lar dos Velhos da comunidade israelita de Porto Alegre. Não eram muitos, os residentes; todos se conheciam, todos conviviam – pacificamente ou às turras, mas conviviam. Com uma exceção.

Tratava-se de um mulher de idade avançada e que estava, como se costuma dizer em linguagem popular, muito esclerosada. Mas várias coisas impressionavam-me.

Em primeiro lugar, a sua sensualidade. Sensualidade, numa octogenária? É. Sensualidade. Ela passava horas frente ao espelho, trauteando baixinho velhas canções, penteando-se, enfeitando-se.

Depois, havia algo estranho na atitude dos outros idosos em relação a ela. Simplesmente rejeitavam-na. Ao contrário dos outros, ficava sozinha na mesa; e também não tinha companheira de quarto. No quarto, aliás, ficava freqüentemente, quase sempre por causa de doença. Quando eu ia vê-la, uma cena bizarra acontecia.

Ela não me reconhecia, não me identificava como o médico. Ao me ver, abria um sorriso e dizia algo como que rapaz bonito veio me ver (naquela época eu era um rapaz, e razoavelmente bonito). Convidava-me a sentar na cama, ao lado dela, e então avançava com uma espantosa admiração. Para poder examiná-la, a enfermeira tinha de contê-la, quase à força.

Eu sabia que atrás daquilo havia uma história, mas nenhum dos idosos queria me falar a respeito disso. Finalmente um homem, já impaciente, disse:

— Mas o senhor não sabe que ela é uma daquelas?

E aí fiquei sabendo: ela tinha vindo da Europa para ser prostituta em Porto Alegre. Progredira na vida, tivera seu próprio bordel, mas depois decaíra e acabara como zeladora da sede de um pequeno clube de futebol, de onde fora trazida para o Lar dos Velhos.

Perguntei a muita gente acerca do assunto. As respostas eram incompletas ou evasivas – evidentemente era algo de que as pessoas não gostavam de falar. Mas então, numa viagem a Buenos Aires, encontrei vários livros sobre o tráfico das mulheres da Europa para as Américas. Falavam sobre uma organização, a Tzvi Migdal, que tinha bordéis em várias cidades latino-americanas. Nas primeiras décadas do século 20, o tráfico seguira uma rota bem conhecida; os emissários da Tzvi Migdal iam em busca de jovens judias nas aldeias pobres da Europa Oriental e atraíam-nas com a promessa de um casamento na América. Se as moças acreditavam ou não, é um ponto para discussão. É bem provável que algumas delas soubessem, ou desconfiassem, do que as esperava; mas mesmo assim estariam dispostas a trocar uma vida de miséria e de perseguições pelo "sonho americano", mesmo que este tivesse de ser sonhado em uma cama de bordel. Fato é que muitas, assim, escaparam aos campos de concentração.

A viagem incluía uma parada na França, onde as jovens eram iniciadas e aprendiam algumas palavras em francês. Isto era fundamental. Os fazendeiros da Argentina, do Uruguai, do Rio Grande do Sul eram fascinados pelas "francesas", que representavam, para eles o máximo em termos de sofisticação sexual.

A revolução sexual dos anos 60 e o progresso mudaram por completo essa conjuntura. Surgiram os motéis, os anúncios de jornal, o sexo por telefone (não a cargo das "telefonistas") e, mais tarde, pela internet. Também nessa área a globalização acabou predominando. O sexo em Porto Alegre é como o sexo em qualquer grande cidade. Mas os espelhos da Mônica deixaram muita saudade.

Porto Alegre cultural

Marasmo e diáspora

No começo dos anos 60, em um debate com escritores, poetas e artistas clássicos, Iberê Camargo cunhou, *en passant*, uma expressão que causaria grande polêmica, ao falar no marasmo cultural de Porto Alegre. A repercussão foi imediata, e enorme. O burguês de Molière, sem o saber, falava prosa francesa; com a mesma surpresa, mas consternados e/ou irritados, os porto-alegrenses se descobriam portadores de um mal até então não-diagnosticado, o tal marasmo. E quais eram os sintomas desse marasmo, dessa letargia?

Em primeiro lugar, a escassa oferta cultural. Porto Alegre não tinha, por exemplo, um museu com grandes obras-primas, coisa de que Iberê provavelmente se ressentia. Também não contava com teatros gigantescos nem grandes espetáculos; até o nosso Carnaval era modesto.

Em segundo lugar, aquilo que se podia chamar de "maldição da província". Convencidos de que aqui não teriam oportunidade para mostrar seu talento (e muito menos mercado para sustentá-lo), artistas plásticos, músicos, atores, fotógrafos simplesmente migravam para o Rio ou São Paulo. Formou-se uma verdadeira diáspora: atores e atrizes como José Lewgoy (este um egresso do lendário teatro do Estudante), Paulo José e Paulo César Pereio ("Saí de lá por tédio", diria ele, mais tarde, numa entrevista), Ítala Nandi, Lilian Lemertz, artistas plásticos como Glauco Rodrigues e Carlos Scliar, escritores como Augusto Meyer e Álvaro Moreyra, músicos como o compositor e arranjador Radamés Gnatalli, cantores como Elis Regina, iam em busca de outras paragens: o Rio de Janeiro, em primeiro lugar, e depois São Paulo.

UMA CIDADE DE GRANDES ESCOLAS

Mas era claro que isto haveria de mudar, e não só por causa do crescimento urbano. A verdade é que a cidade tinha, sim, condições para mudança. Condições que os intelectuais não detectavam, mas que, no longo prazo, se revelariam importantes, como era o caso da excelente rede de ensino. É o caso, por exemplo, do Colégio Júlio de Castilhos, cujo nome homenageia o político positivista. Escola pública com mais de um século de existência, o Julinho formou gerações de políticos, de profissionais liberais, de empresários. Uma outra escola pública importante, e ainda mais antiga (de 1869), é o Instituto de Educação General Flores da Cunha, antiga Escola Normal da Província – por décadas as alunas, que faziam o curso de magistério, foram conhecidas como normalistas.

De início a rede privada era representada basicamente por colégios religiosos, surgidos em fins do século 19 ou começos do século 20: o Colégio Nossa Senhora do Rosário, fundado por maristas; o Colégio Nossa Senhora das Dores, dos lassalistas; o Anchieta, dos jesuítas; e dois colégios de início femininos, o Bom Conselho e o Sévigné, este criado em 1900, cujo nome homenageia Madame de Sévigné, escritora francesa do século 17: a França foi por muito tempo o norte cultural do estado e do país. E dois colégios metodistas: o Instituto Porto Alegre (Ipa) e o Colégio Americano. Entre parênteses: sendo esses estabelecimentos exclusivamente femininos ou masculinos, havia laços românticos ligando, por exemplo, o Júlio ao Instituto de Educação, o Ipa ao Americano, o Rosário ao Bom Conselho (ou Sévigné). Era costume os rapazes esperarem as moças à saída da escola, para um namoro bem-comportado.

Mas, no que se referia ao ensino fundamental, de primeiro grau, a maior parte da população freqüentava os chamados "grupos escolares", pequenos e humildes estabelecimentos de bairro. Foi o meu caso: estudei no grupo escolar do Bom Fim, a Escola de Educação e Cultura (do qual depois se originaria o Colégio Israelita Brasileiro). Depois fiz o ginásio no Rosário e o científico no Júlio de Castilhos. No Rosário aprendi a estudar de forma organizada, disciplinada, eficiente: era capaz até de escrever redações em latim e, mesmo sendo judeu, sabia ajudar na missa. No Júlio, ao contrário, o clima era absolutamente liberal, caótico, segundo os pais mais exigentes. Mas era exatamente esse

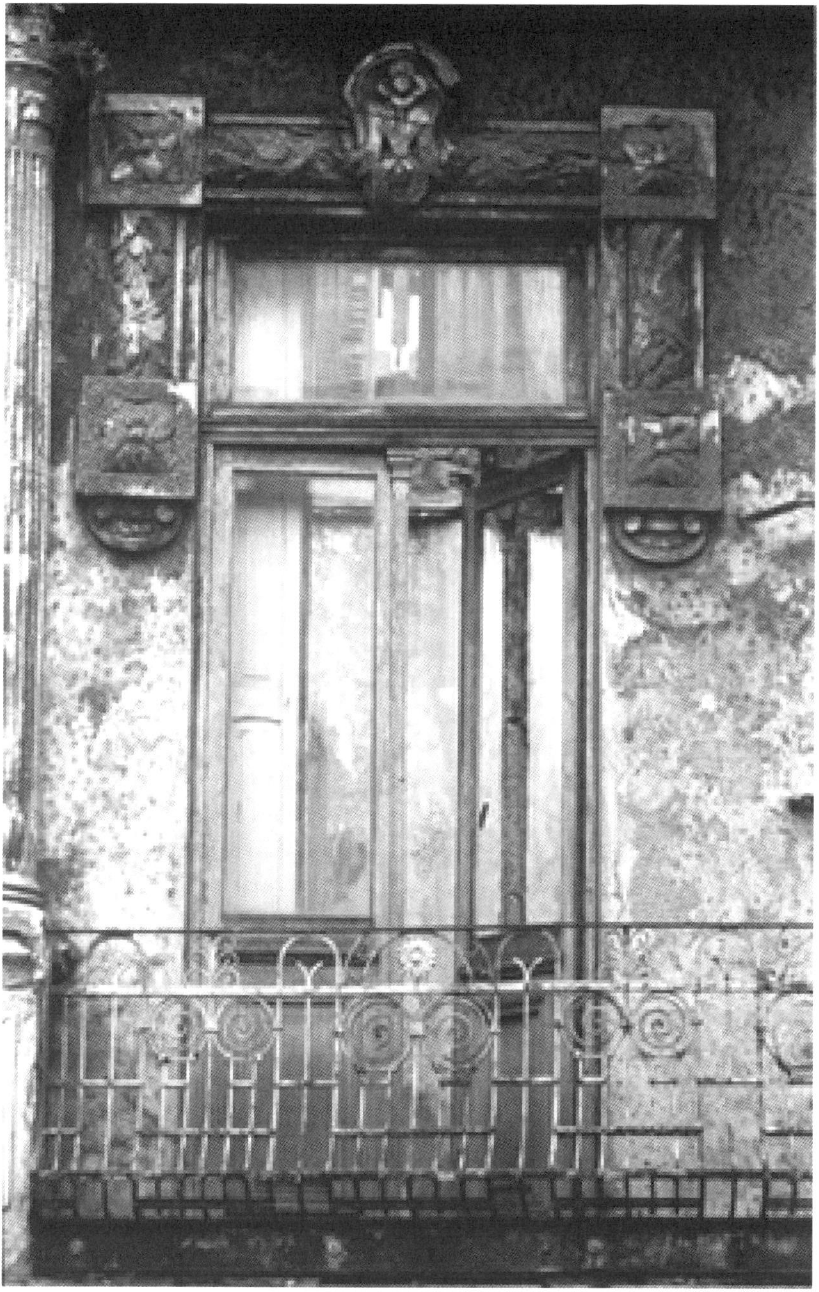

clima de liberdade que possibilitava o debate cultural no colégio: tínhamos o nosso jornal, tínhamos o grêmio estudantil, tínhamos até um grupo de jovens aprendizes de escritores que se reuniam para mostrar seus trabalhos.

... E GRANDES UNIVERSIDADES

Porto Alegre é uma cidade com intensa vida universitária. É, em primeiro lugar, a sede da Universidade Federal do Rio Grande do Sul (antes URGS, agora UFRGS; a federalização, refletida na sigla, tornou a pronúncia desta mais difícil), formada pela reunião de antigas faculdades isoladas. A criação destas foi inspirada pela visão positivista da ciência como fator de progresso: em 1895, surge a Escola Livre da Farmácia e Ciência Industrial, em 1896, a Escola de Engenharia, em 1898, a de Medicina; em 1899, começam a funcionar (junto à Engenharia) os cursos de Agronomia e Veterinária – afinal, a base econômica do estado continuava francamente rural; e, em 1908, o Instituto de Eletrotécnica, pioneiro no Brasil. A Escola de Direito é de 1900. Essas faculdades tinham, e algumas ainda têm, sua sede em prédios imponentes e não-distantes do centro da cidade. Particularmente interessante é o *château*, uma construção em estilo *art-nouveau*, que de início deveria abrigar um curso de Artes e Ofícios, mas depois serviu para várias finalidades. Com a universidade já constituída, surgiu a Reitoria, que viria a desempenhar um importante papel na vida porto-alegrense – sobretudo por causa dos bailes que lá se realizavam.

Era um baile ao velho estilo, com orquestra e tudo; muitos namoros (e casamentos) ali nasceram. Mas a universidade era também sede de debates políticos. Os estudantes se reuniam em dois bares, o da Faculdade de Filosofia e o bar Alaska, não distante, e ali discutiam horas a fio. O golpe militar de 1964, que cassou muitos professores, interrompeu essa tradição. Mais tarde, a universidade criou um campus no bairro da Agronomia, distante do centro; mas muitas faculdades continuam funcionando no "campus velho". Um belo campus também tem a Pontifícia Universidade Católica (PUC-RS), contando inclusive com um Centro de Eventos.

A vida política da cidade era intensa; a vida cultural, nem tanto assim. Para começar, Porto Alegre fica distante do eixo Rio-São Paulo, onde as coisas aconteciam. Isto, naturalmente, não explica tudo; Pelotas, que ficava ainda mais ao sul, recebia – no século 19! – companhias líricas que vinham da Europa especialmente para se apresentar no teatro da cidade, um dos mais antigos do país. Mas é que Pelotas era uma cidade rica: o dinheiro resultante da exportação da carne se concentrava ali. Conclusão: se você mora longe, é bom ter grana.

A GLOBO DE PORTO ALEGRE

Agora, não se tratava de um deserto cultural. Iniciativas admiráveis mostravam que, mesmo na ponta do país, era possível fazer coisas importantes. Um exemplo é a Editora Globo. A Globo já existia como livraria; era "a Globo da rua da Praia", expressão que dá título a um livro de José Otávio Bertaso, filho do fundador da editora, Henrique Bertaso (retratado por Erico Verissimo em *Um certo Henrique Bertaso*). Em 1930, Henrique Bertaso, ajudado por Erico Verissimo, começou a montar uma editora que apresentasse ao público brasileiro autores estrangeiros. E que autores eram esses? Proust, Balzac, Gide, Maupassant, Simenon, Orwell, Maugham, Huxley... Os tradutores eram excelentes: Erico Verissimo traduzia americanos e ingleses, Mario Quintana verteu Proust para o português, queixando-se dos "parágrafos enormes, que dobram a esquina". Mas a Globo lançou autores nacionais, a começar pelo próprio Erico, à época considerado um autor imoral. Seu livro *O resto é silêncio* foi, em 1943, objeto de uma catilinária assinada pelo padre Leonardo Frizen e que alertava os pais: "O veneno que corrompe nossa juventude continua exposto nas vitrinas". O escritor não teve dúvidas: processou o iracundo sacerdote, o que dividiu a opinião pública: de um lado, estavam tradicionais círculos católicos; de outro, os intelectuais, muitos deles de esquerda. O caso foi a julgamento e – reflexo da mentalidade da época – o padre Fritzen foi absolvido.

Outro combativo escritor era Dyonelio Machado, psiquiatra, membro do Partido Comunista. Dele, a Globo editou *Os ratos,* um clássico da literatura urbana brasileira. O escritor ia freqüentemente à editora para ver como estavam os preparativos da edição; na saída, passava pela gráfica, que funcionava no mesmo prédio, e aproveitava para conclamar os operários à greve.

Os livros da Globo primavam pela alta qualidade. Os títulos dirigidos ao público infanto-juvenil eram, inclusive, ilustrados por um notável grupo de artistas plásticos – o caso de João Fahrion – influenciados pelo expressionismo alemão, que produziram verdadeiras obras de arte. Quanto à livraria propriamente dita, era enorme; ainda o é, mas uma parte agora corresponde à papelaria. Em uma época aquilo era um verdadeiro templo do livro. Ir à Livraria do Globo, coisa que na infância eu fazia a cada dois meses, mais ou menos, levado por minha mãe (professora e grande leitora, ela me estimulava à leitura), era um deslumbramento, uma mistura de êxtase – e de terror: tantos livros, no mundo, como lê-los todos? É uma pergunta para a qual continuo não tendo resposta, mas esta já não é necessária: basta-me a lembrança.

Tão importante como o augusto recinto da livraria era a sua porta. Ali se reuniam intelectuais e políticos (Getúlio Vargas, na sua fase pré-caudilho, era um freqüentador habitual), para discutir livros, naturalmente, e idéias, mas também para intercambiar novidades e, eventualmente, lançar um olhar às belas moças que transitavam na rua da Praia.

A Globo encerrou suas atividades editoriais no Rio Grande do Sul, mas outras editoras surgiram, como a Movimento (que lançou clássicos gaúchos), a L&PM, a Mercado Aberto, a Artes&Ofícios. Também multiplicou-se o número de livrarias.

Uma celebração do livro

O grande evento livreiro de Porto Alegre é a cinqüentenária Feira do Livro na praça da Alfândega, que começa na segunda quinzena de outubro. No Brasil, tudo acontece de preferência no segundo semestre, mas nesse caso há explicações: é primavera, o tempo favorece a realização de eventos ao ar livre e, além disto, como está se aproximando o fim do ano e as férias, as pessoas se municiam de livros. A Feira não é uma idéia porto-alegrense; foi trazida do Rio pelo jornalista Say Marques, que lá visitara a Feira da Cinelândia. Mas na capital gaúcha recebeu o apoio de vários livreiros, a começar por Maurício Rosemblatt, amigo de Erico Verissimo e uma figura conhecidíssima nos meios culturais da cidade, e adquiriu características que a tornaram célebre no Brasil e no exterior. A tradição do estado ajudou muito; os imigrantes alemães, por exemplo, nunca deixavam de trazer, em sua escassa bagagem, pelo menos um livro, a Bíblia. Livros também tinham seu lugar nas prateleiras das modestas casas dos imigrantes judeus no bairro do Bom Fim. A Feira do Livro de Porto Alegre é o evento de existência contínua mais antigo do gênero no Brasil. Não é apenas uma coleção de estandes (mais de 150, atualmente). É uma celebração: tem um patrono, tem uma cerimônia de inauguração, à qual não falta o som de uma sineta, tem o prestígio do governador e do prefeito. Além das sessões de autógrafos, centenas delas, há eventos paralelos: conferências, painéis, exposições. As pessoas compram os últimos lançamentos, mas também even-

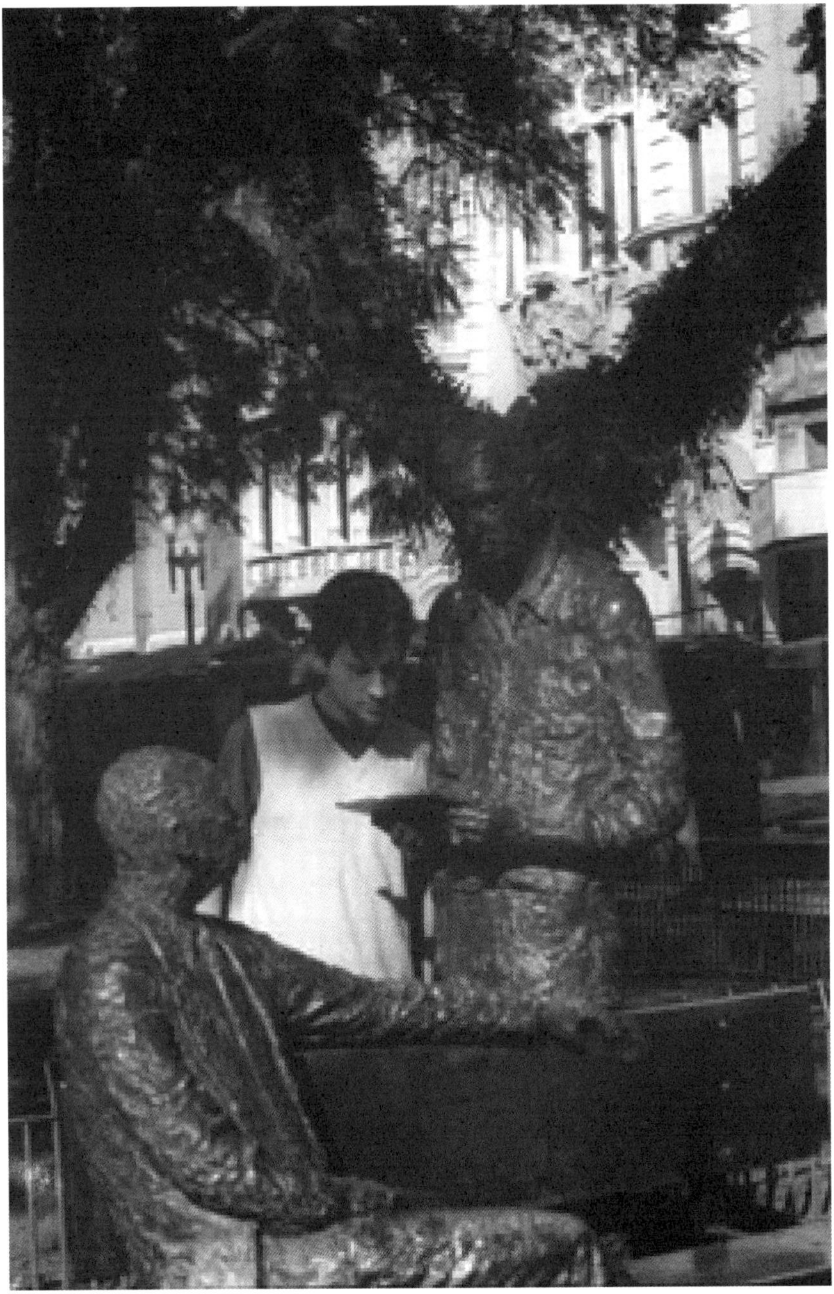

tuais preciosidades encontradas nas caixas de saldos, ao lado dos estandes.

Aos poucos a Feira do Livro foi ganhando repercussão nacional e internacional. Hoje conta com grandes patrocinadores, estimulados pelas leis de incentivo à cultura. A infra-estrutura foi ampliada e modernizada, os eventos culturais se consolidaram e as vendas cresceram muito. Em 2003, mais de 1,8 milhão pessoas circularam por ela.

A Feira é realizada ao ar livre. A tradição porto-alegrense diz que sempre chove na inauguração, o que, claro, nem sempre acontece, mas a verdade é que por vezes o mau tempo prejudica o funcionamento dos estandes. O que originou uma antiga polêmica na cidade: mudar ou não o lugar da Feira? Muitos sustentam que, em um recinto fechado (como é o caso da Bienal do Livro de São Paulo e do Rio), esse problema estaria resolvido. Mas isto, por outro lado, descaracterizaria a Feira como tal, e romperia a tradição. A população decidiu: a Feira continua na praça. A tecnologia tem ajudado: toldos, cada vez maiores, agora protegem os freqüentadores. Mais: ao longo dos anos, a Feira cresceu e passou a ocupar também outros espaços culturais importantes da capital como o Museu de Arte do Rio Grande do Sul Ado Malagoli (Margs), a Casa de Cultura Mario Quintana, o Memorial do Rio Grande do Sul, o Centro Cultural CEEE – Erico Verissimo, o Santander Cultural e o pórtico central do Cais do Porto. É um triunfo do livro como instrumento de cultura.

REVISTAS E JORNAIS

A Editora Globo também publicava revistas. A principal delas, a *Revista do Globo* (fundada em 1928), não apenas fazia uma crônica de Porto Alegre e do estado, como também publicava artigos e contos – um de meus primeiros contos foi ali publicado. Porto Alegre tem, aliás, uma larga tradição de imprensa: o primeiro jornal, *Diário de Porto Alegre,* apareceu em 1827. Foi seguido por uma verdadeira enxurrada de periódicos políticos, com títulos tais como *O Vigilante* e *O Amigo do Homem e da Pátria*, este lembrando o *L'Ami du Peuple* (de Jean-Paul Marat), *L'Ami du Citoyen, L'Ami des Jacobins* e outros jornais da Revolução Francesa. Depois aparecem os jornais partidários: *A Federação*, do Partido Republicano, dominou a cena política por mais de meio século, até 1937. No prédio onde funcionava sua redação, na rua da Praia, está agora o Museu de Comunicação Hipólito José da Costa, que homenageia o patrono da imprensa brasileira, nascido na Colônia do Sacramento em 1774 e falecido em Londres em 1823, depois de uma vida aventureira como jornalista e político. Um detalhe curioso na imprensa gaúcha foi o apreciável número de jornais em alemão: o *Deutsche Zeitung,* o *Deutsche Volksblatt,* o *Koseritz Deutsche Zeitung,* dirigido pelo jornalista Carlos von Koseritz. Em 1895, surge um jornal que marcaria profundamente a vida rio-grandense: o *Correio do Povo,* depois líder de uma cadeia jornalística, compreendendo jornais *(Folha da Tarde, Folha da Manhã)*, rádio *(Guaíba)* e tevê *(Guaíba)*. Por muito tempo foi propriedade da tradicional família Caldas; mais tarde, toda a empresa foi vendida ao empresário Renato Ribeiro. Uma figura notável no jornalismo gaúcho foi a de Maurício Sirotsky Sobrinho; filho de imigrantes judeus-russos, desde muito jovem trabalhava em rádio, fazendo inclusive um famoso programa de auditório. Em 1964, foi um dos fundadores de *Zero Hora*, um tablóide que, incorporando avanços tecnológicos, rapidamente assumiu uma posição de vanguarda no jornalismo gaúcho. *Zero Hora* faz parte de uma gigantesca empresa de telecomunicações, a RBS (Rede Brasil-Sul de Telecomunicações), junto com o *Diário Gaúcho, O Pioneiro* (Caxias do Sul) e outras publicações. Existem ainda o *Jornal do Comércio* e várias outras publicações.

UMA CIDADE DE CINÉFILOS

Nos anos 50 e 60 o debate intelectual, travado ou não pelos jornais, girava em torno aos livros e também em torno ao cinema. Porto Alegre era uma cidade de cinéfilos; as reuniões do Clube de Cinema, que promovia pré-estréias, eram muito freqüentadas. Também tinham bom público as sessões especiais de alguns pequenos cinemas. Depois da exibição, os espectadores, todos conhecidos, ficavam reunidos durante horas, debatendo os filmes. Godard provocava especial furor; um dos filmes dele, já não lembro qual, gerou uma discussão que se prolongou por horas, simplesmente porque ninguém tinha entendido nada. Isto é porque o sentido de tempo do Godard é diferente, explicavam os defensores do cineasta francês. Depois descobriu-se que esse original "sentido do tempo" tinha uma explicação: o encarregado da projeção trocara a ordem dos rolos do filme.

A tradição cinéfila de Porto Alegre também explica o grande número de jovens cineastas. O Festival de Cinema de Gramado tem mostrado o trabalho deles, principalmente em filmes de curta metragem.

Porto Alegre em música

Porto Alegre é demais, garante o compositor, letrista, professor e político José Fogaça. Em *Porto Alegre, Porto Alegre,* Luiz Coronel e Hermes Aquino celebram o Chalé, a rua da Praia, o parque da Redenção, o Grenal. Porto Alegre é também objeto de nostalgia. Em *Pegadas*, Bebeto Alves vê, "nas pegadas das minhas botas", as ruas de Porto Alegre. Mas o hino máximo da nostalgia é *Deu pra ti*, de Kleiton e Kledir. Evoca uma época em que a juventude porto-alegrense viajava muito – no mínimo para ir a Garopaba, no litoral catarinense, um lugar que representava o ideal da liberdade, da cuca fresca.

Curiosamente, aquele que talvez seja o mais conhecido compositor gaúcho, Lupicínio Rodrigues (1914-1974), pouco fala de Porto Alegre. Lupi, boêmio conhecido, estava mais ocupado com a dor-de-cotovelo: "Você sabe o que é ter um amor, meu senhor/ ter loucura por uma mulher / e depois encontrar esse amor, meu senhor/ nos braços de um tipo qualquer...". Às vezes a dor-de-cotovelo tinha um sotaque gaúcho: "Amigo, boleie a perna / puxe o banco e vá sentando / encoste a palha na orelha / e o cigarro vá ajeitando. / Foi bom você ter chegado / eu tinha de lhe falar / um gaúcho apaixonado / precisa desbafar: / chinoca fugiu de casa / com meu amigo João / bem diz que mulher tem asa / na ponta do coração". Essa tristeza, aliás, mostra outra face do machismo gaúcho, a face desconsolada, triste. É o lado sensível, melancólico, desamparado.

Lupi era da Ilhota, um bairro que deixou de existir quando o riacho que formava a dita Ilhota foi canalizado; tratava-se de um reduto de talentosos boêmios. Com Demosthenes Gonzales, Túlio Piva e outros membros do Clube dos Compositores do Rio Grande do Sul, Lupi animava muito a noite porto-alegrense, mas só se tornou conhecido fora do estado quando Elis Regina, Caetano Veloso e João Gilberto gravaram suas músicas. No começo dos anos 60, a música ao vivo se impôs em Porto Alegre, como de resto no país – eram os tempos dos festivais da MPB. Surge então (1965) uma casa noturna, o Encouraçado Butikin, de Rui Sommer e Tatata Pimentel, que marcaria época: foi inaugurada por Nara Leão, e por ali passaram nomes como Maria Bethania, Elizeth Cardoso e Vinicius de Moraes. A sofisticação aparecia em numerosos detalhes: por exemplo, quando soavam os acordes da *Bachiana nº 5*, os freqüentadores sabiam que estava na hora de se retirar.

Porto Alegre tem poucos, mas razoáveis, museus. O Museu de Arte do Rio Grande do Sul Ado Malagoli (homenagem a um pintor paulista radicado em Porto Alegre), que os porto-alegrenses conhecem como Margs, tem um bom acervo. O prédio em estilo neoclássico, construído por Theo Wiederspahn, é belíssimo. De Wiederspahn é também a antiga sede dos Correios, que fica ao lado, e onde está agora o Memorial do Rio Grande do Sul, com uma exposição sobre a história do estado. Históricos são também o Museu Júlio de Castilhos, que funciona na antiga residência do ex-presidente do estado, e o Museu de Porto Alegre Joaquim José Felizardo, antigo Solar Lopo Gonçalves. Há três centros culturais, espaços para eventos e exposições: a Casa de Cultura Mario Quintana, o Centro Municipal de Cultura e a Usina do Gasômetro, no local da usina, inaugurada em 1874, que fornecia gás para a iluminação pública. Hoje a Usina é mantida pela Prefeitura; conta com salas de espetáculo, cinema, exposições. Fica num lugar privilegiado, às margens mesmo do Guaíba, e é uma das marcas registradas da cidade.

Como em muitos outros lugares do Brasil, o teatro luta com dificuldades. Nos anos 60 e 70, era um lugar de contestação: Brecht era então a grande influência. Mais recentemente, comédias que falavam da vida porto-alegrense (entre elas *Bailei na curva*, de Julio Conte) fizeram grande sucesso. O Instituto Goethe, por outro lado, tem estimulado a versão *off-Broadway* do teatro porto-alegrense.

Em matéria de casas de espetáculo temos de mencionar, em primeiríssimo lugar, o Theatro (assim mesmo, com th – no caso, um símbolo de tradição) São Pedro. Construído no século 19, o Theatro é pequeno, mas tem o esplendor característico de uma época em que tais recintos recebiam a chamada fina flor da sociedade; o lustre, por exemplo, faz inveja àquele que o Fantasma da Ópera derrubou. O São Pedro recebeu companhias teatrais, orquestras, balês, declamadores; mas, malconservado, foi progressivamente se deteriorando, até que Eva Sopher assumiu a direção. Corajosa, otimista e com uma tenacidade germânica, a dona Eva encarou a tarefa de recuperar o teatro, inclusive em seus mínimos detalhes, para o que tiveram de ser contratados artesãos especializados. Mas teve êxito e hoje o São Pedro é motivo de admiração. Mais recente, muito maior e com maiores recursos (mas distante do centro) é o Teatro do Sesi, que funciona junto à sede da Federação das Indústrias do Rio Grande do Sul. A Orquestra Sinfônica de Porto Alegre, Ospa, tem também o seu teatro, o Teatro da Ospa, na avenida Independência. Não faltam, por outro lado, locais para eventos: a Usina do Gasômetro, o Centro Municipal de Cultura, o Salão de Atos da UFRGS. Conferencistas convidados espantam-se quando se vêem diante de uma platéia de mil, mil e quinhentas pessoas; já aconteceu de ingressos para tais conferências serem vendidos no mercado negro. O que é mais uma das facetas surpreendentes da cidade.

A política como paixão

O PODER DAS PONTAS

A fama de Porto Alegre como cidade politizada espalhou-se pelo Brasil. Por boas razões: o debate político na cidade é mesmo intenso. Aliás, não só na cidade, no estado. O que tem razões históricas e mesmo geográficas. O Rio Grande do Sul fica na ponta do país, longe dos centros decisórios e também dos grandes centros econômico-financeiros. Alguém poderia ponderar que isto não é raro num mundo dividido entre desenvolvimento e subdesenvolvimento, entre centro e periferia. Mas há uma diferença grande entre estar na ponta e estar na periferia. Na periferia freqüentemente há gente que se resigna, ou prega a resignação, esperando que a riqueza se espalhe do centro para as bordas. A ponta é diferente. A ponta é um lugar de pioneiros, de gente que para ali vai movida por um propósito. No caso do Brasil, essa ponta significava conflito, muitas vezes sangrento, como vimos. Em primeiro lugar, era preciso garantir as fronteiras, ou seja, havia a luta externa. Mas havia também a luta política entre o Rio Grande e o governo federal, e ainda as disputas, ferozes por vezes, entre facções locais. Em física fala-se na capacidade que têm as pontas de atrair energia; energia política nunca faltou ao Rio Grande por causa, exatamente, dessa sensação de abandono, de alienação. Por outro lado, não era raro, entre os imigrantes, o engajamento político; gente pobre, mas muitas vezes culta, informada, havia entre eles militantes dos movimentos sociais que empolgaram a Europa em fins do século 19 e começos do século 20. Os próprios açorianos, pessoas simples mas conhecidas pela retidão, não aceitavam de bom grado a escravidão negra. Foi assim, conta o jornalista Eloy Terra, que, em 1884 (quatro anos, portanto, antes da Lei Áurea), os moradores da rua da Olaria, na Cidade Baixa, reuniram-se e resolveram emancipar todos os escravos que ali moravam, colocando no local uma placa dizendo que, naquela rua, todos eram livres.

O historiador inglês Eric Hobsbawn, que veio várias vezes ao estado, destaca, em um seus ensaios, o papel importante representado pelos sapateiros italianos no Rio Grande do Sul no surgimento do anarquismo latino-americano. Adeptos também não faltavam ao socialismo, ao comunismo e até mesmo ao nazismo e ao fascismo: desfiles com a suástica foram comuns nas ruas da capital nos anos 30. A militância não se limitava a pronunciamentos ou demonstrações. Gaúchos lutaram, por exemplo, nas Brigadas Internacionais na Guerra Civil Espanhola. Aliás, era porto-alegrense o grande líder comunista brasileiro, Luís Carlos Prestes, o lendário comandante da Coluna.

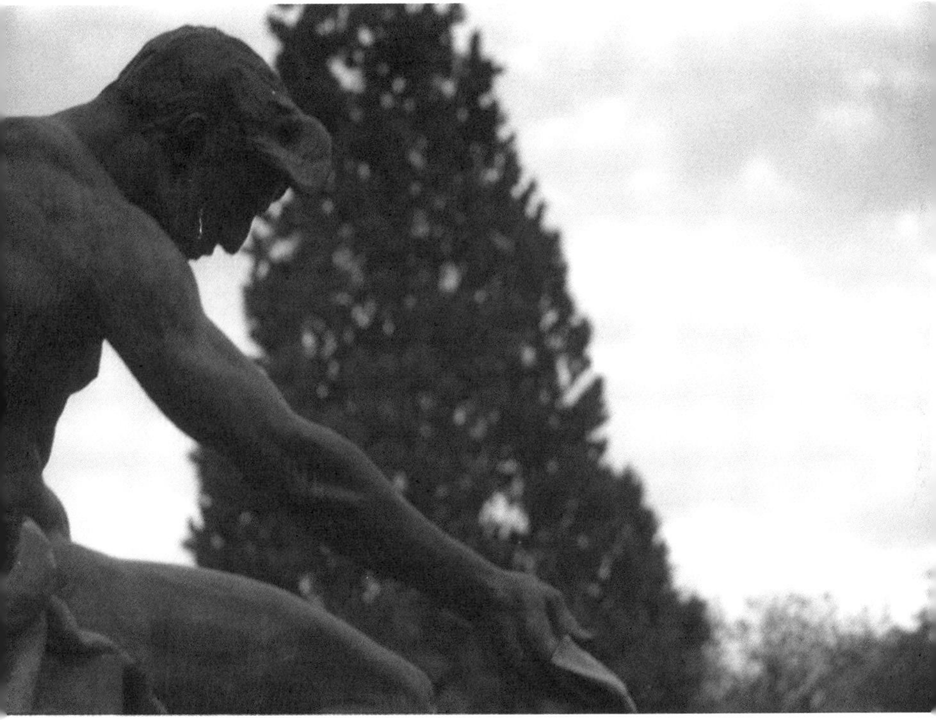

Uma cidade positivista

Papel interessante na política rio-grandense foi desempenhado pelo positivismo. Porto Alegre é das poucas cidades brasileiras que tem um templo positivista. Fica numa das principais avenidas, a João Pessoa, e funciona numa casa muito antiga, de severa simplicidade. Em letras de metal, sobre o portão, lê-se a frase famosa de Augusto Comte, o fundador do positivismo: "Os vivos serão sempre e cada vez mais governados pelos mortos". (Frase que Aparício Torelly, o barão de Itararé, famoso humorista gaúcho radicado no Rio de Janeiro, mudou para: "Os vivos serão sempre, e cada vez mais, governados pelos mais vivos".) Dentro, o ambiente é de uma simplicidade monástica. Ali está o retrato da musa de Comte, Clotilde de Vaux.

Por que essa influência positivista? Bem, em primeiro lugar era uma doutrina que vinha da Europa, mais precisamente da França, e por isso trazia um selo de respeitabilidade. Depois, o positivismo trazia consigo a aura de ciência; aliás, era a chamada filosofia científica. O triunfo da ciência representa, segundo Comte, o estágio culminante na história da humanidade. A primeira constituição do Rio Grande do Sul foi marcada pelo positivismo; positivistas foram dois importantes líderes gaúchos, Júlio de Castilhos e Borges de Medeiros. A doutrina também exerceu influência em Getúlio Vargas, uma figura que, por óbvias razões, marcou muito o Rio Grande e Porto Alegre: ele era o "pai dos pobres", o político paternalista, protetor, ainda que autoritário. Mas sua segunda gestão, já em pleno regime democrático, terminou em tragédia: acuado pelos inimigos, que denunciavam a corrupção nos altos escalões, Getúlio acabou por se matar.

O PRIMEIRO DOS AGOSTOS

Lembro ainda da manhã de 24 de agosto de 1954, quando as rádios anunciaram, em sucessivas edições extraordinárias, o suicídio do presidente. A explosão da fúria popular foi espantosa. Guri ainda, e apesar das advertências dos adultos, corri ao centro da cidade para ver o quebra-quebra. Jornais e partidos que faziam oposição a Vargas foram depredados. Depredadas foram também várias lojas, inclusive a Importadora Americana, considerada – por causa do nome – um reduto do imperialismo. Os manifestantes percorriam as principais avenidas, exigindo que os estabelecimentos comerciais fossem depredados. No Bom Fim houve um problema: parece que o Fedor não conseguiu obedecer à ordem. Acontece que, como o bar nunca fechava, as portas estavam emperradas. Além disto, na parte superior do prédio funcionava a sede do partido de Adhemar de Barros, também alvo da ira dos manifestantes. Sobreveio o tumulto, a polícia interveio, houve tiroteio e mortes. Uma das conseqüências desse episódio é a fama que agosto até hoje tem, de mês aziago. Do ponto de vista político, aliás, não deve ser só coincidência. No primeiro semestre , o semestre das férias de verão, do carnaval, da Páscoa, do benigno maio, nada acontece. Depois das férias de julho, contudo, chega a hora de acertar as contas – o que às vezes não se faz sem conflito.

Aprendendo a fazer política

O debate político em Porto Alegre era constante, não apenas na Assembléia Legislativa, ou na imprensa, ou nos sindicatos; também nas universidades e nas escolas. O Colégio Estadual Júlio de Castilhos, onde estudei, era um exemplo disto. Grandes líderes saíram de seus bancos escolares; para citar apenas um exemplo, o jornalista Flávio Tavares, exilado em 1964 e autor de um livro sobre os "anos de chumbo", era o presidente do Grêmio Estudantil quando lá estudei. No Julinho fiz o meu primeiro discurso político. Reunidos em assembléia no pátio do colégio, discutíamos a possibilidade de uma greve (a razão já não lembro; greves não faltavam, naquela época). Movido por um súbito impulso, que até a mim próprio assustou, galguei os degraus que levavam a uma espécie de plataforma e de lá, trêmulo mas exaltado, conclamei os meus colegas a abandonar as aulas. "O Scliar tem razão", gritou alguém, "vamos embora". Na verdade, o pessoal estava só esperando um pretexto para sair do colégio, mas para mim foi a glória.

Mais um agosto

Em 1961, a cidade foi sede de outro movimento, dessa vez bem diferente. Em agosto (de novo!) renunciou, surpreendentemente, o presidente Jânio Quadros. Deveria assumir o vice-presidente, o gaúcho João (Jango)

Goulart, que naqueles dias encontrava-se em viagem à China. Jango, originário do Partido Trabalhista Brasileiro, o partido de Getúlio Vargas, não era bem visto por setores militares, que o consideravam um populista de esquerda e corrupto. Veio então o clássico esquema latino-americano: uma junta militar assumiu o poder. O governador do Rio Grande do Sul, Leonel Brizola, cunhado de Jango (e estimulado, diz-se, pela esposa Neusa), decidiu resistir. A população aderiu, e em poucos dias já se estava diante de um grande movimento popular, que ficou conhecido como Legalidade. A mobilização era espantosa. Trabalhadores, intelectuais, estudantes (meu caso: eu cursava a Faculdade de Medicina) organizavam-se de todas as formas imagináveis. No pátio do Restaurante Universitário recebíamos o que pretendia ser um início de treinamento militar; tentávamos fazer ordem unida, com resultados sempre lamentáveis. E fazíamos comícios-relâmpago nas ruas, nos bondes... Isto sem falar nas manifestações em frente ao Palácio Piratini, sede do governo. Íamos lá demonstrar nosso apoio ao governador Brizola, que aparecia na janela e nos mirava, certamente grato, mas divertido e cético. Numa dessas ocasiões desabou um aguaceiro; em poucos minutos estávamos ensopados. Nisso avistei um colega de faculdade que carregava um guarda-chuva – fechado. Fui até lá, sugeri que o abrisse. Recusou:

– Contra balas – afirmou, solene – não adianta guarda-chuva.

Mas contra chuva adianta, eu poderia ponderar. Não o fiz, em sinal de respeito à sua fé revolucionária.

O fato, porém, é que havia uma ameaça real de intervenção militar: até então o general Machado Lopes, comandante do Terceiro Exército, a maior força armada brasileira, e que tinha sede em Porto Alegre, não se manifestara sobre o episódio: um silêncio intrigante e ominoso. Que dava origem a todo tipo de especulações e boatos. No dia seguinte, estávamos na praça da Matriz, diante do Palácio, quando surgiu a notícia: os tanques do Quartel da Serraria, na Zona Sul, vinham em direção ao centro da cidade, supostamente para bombardear a sede do governo. Usando os bancos da praça pusemo-nos freneticamente a construir barricadas. Um dos jovens que estava lá era o (depois) jornalista Marcos Faerman. Chorando, pediu que, se morresse, contasse a seus pais que ele tombara pela causa da liberdade.

Marcos Faerman não morreu (veio a falecer anos depois, mas de causas naturais). Aliás, ninguém morreu. Os tanques não chegaram ao centro da cidade. Mais que isto, o general Machado Lopes passou a apoiar a causa da Legalidade. E aí a ameaça de uma guerra civil tornou-se muito evidente. Mesmo porque o movimento alastrava-se por outros estados, com objetivos claramente revolucionários: já não se tratava de empossar um vice-presidente legalmente eleito, tratava-se de mudar o país. Não se pode esquecer que havia poucos anos a revolução cubana tinha demonstrado como fazê-lo.

Aí volta João Goulart. Uma multidão imensa foi saudá-lo na praça da Matriz, àquela altura já caracterizada como um dos dois importantes espaços políticos da cidade (o outro é o largo Glênio Peres, em frente à Prefeitura), um lugar que depois veria manifestações de professores em greve, de membros do MST.

Jango apareceu, sorridente, numa sacada do Palácio Piratini. Fala, presidente, fala, gritavam as pessoas. Jango não falava. No dia seguinte soube-se que um acordo fora estabelecido: ele tomaria posse, mas com um regime parlamentarista. A crise tinha sido adiada. Naquele mesmo dia, avistei, pendente de uma árvore na avenida Oswaldo Aranha, um jacaré empalhado, com um letreiro que dizia: Jango traidor.

Traidor? Não. Conciliador. João Goulart personificou a velha tendência brasileira de esfriar os conflitos; e o conflito daquele agosto poderia ter se encaminhado para uma sangrenta guerra civil. Mas se tratava de uma protelação, não de uma solução. As manifestações de protesto se prolongariam por três anos. Reformas de base, era o que se pedia; entre elas, a reforma agrária. O próprio Leonel Brizola, que durante a Legalidade tinha requisitado uma importante rádio, a Guaíba, para transformá-la em núcleo da Cadeia da Legalidade, continuou fazendo um programa de rádio às sextas-feiras, no qual explicava suas idéias sobre transformação social. Longas explicações. Como disse um idoso gaúcho ao próprio Brizola: "Seu programa é formidável, governador. O senhor vai falando, a gente adormece, depois acorda – e o senhor continua falando".

A repressão em Porto Alegre

A crise protraída explodiria depois, em 1964. Desta vez Jango estava falando, sim. E também ele pedia reformas de base. O golpe, adiado, finalmente aconteceu.

Desse sombrio período guardo uma lembrança particularmente dolorosa. Algumas semanas depois da derrubada do governo Goulart, eu caminhava por uma rua no centro de Porto Alegre quando de repente ouviu-se o som de sirenes, e caminhões do Exército surgiram em alta velocidade detendo-se diante de um prédio em cujo primeiro andar havia uma pequena e sonolenta livraria esquerdista. Os soldados desceram e, numa verdadeira operação de guerra, invadiram o edifício. Pouco depois as janelas da livraria se abriram e de lá começaram a ser jogados livros que iam se despedaçar no pavimento. Como muitos outros, eu olhava a cena em silêncio. E, como muitos outros, eu estava pensando nas fogueiras de livros do Terceiro Reich. Os livros foram contudo recolhidos e levados. Algum tempo depois vários foram exibidos numa exposição destinada a "educar" o público. Havia um exemplar de "literatura subversiva em chinês", apreendido na casa de um militante. Tratava-se de uma Bíblia em hebraico.

A ditadura militar reprimiu, prendeu, matou. Para a minha geração, aquilo parecia um pesadelo sem fim. Achávamos que, como acontecera em Portugal ou na Espanha, teríamos pela frente quarenta anos de autoritarismo – aqueles quarenta anos que, diz a Bíblia, os hebreus tiveram de vagar no deserto antes de chegar à

Terra Prometida. Com um agravante: nós não tínhamos sequer a visão dessa Terra Prometida.

A ascensão do PT

E, contudo, a ditadura acabou. Mais que isto: o que parecia impensável em 1964 aconteceu. Um partido de esquerda – o Partido dos Trabalhadores – assumiu a Prefeitura. A ascensão do PT em Porto Alegre é um fenômeno digno de estudo. Por que razão um partido de origem primariamente sindical – teve sua base entre os diferenciados operários do ABC paulista – teria conseguido tal apoio numa cidade nem tão industrializada assim? Resposta: o PT não se restringiu ao proletariado, no sentido marxista do termo. Foi ao encontro da classe média, no momento em que esta, vítima do violento processo de transformação econômica, atravessava uma aguda crise. Profissionais liberais, funcionários públicos, professores passaram a engrossar as fileiras do PT; e, ao fazê-lo, descobriram que a militância pode ser um modo de vida. A figura do militante do PT, com sua bandeira ao ombro, tornou-se parte do cenário porto-alegrense, sobretudo em época de eleições, mas não só então. O PT não transformou a cidade num bastião comunista. Fez uma administração cautelosa, mas voltada para as necessidades básicas da população, cuidando da educação, da saúde e do saneamento básico, asfaltando ruas, dando atenção ao transporte coletivo. Mesmo os adversários do partido, que não são poucos, reconhecem que se trata de uma administração honesta (e honestidade, em meio às denúncias de corrupção no país, passou a ser um divisor de águas). O Orçamento Participativo, carro-chefe da administração petista, é visto pelos seus detratores como capaz de mobilizar as pessoas, quando mais não seja emocionalmente. O certo, contudo, é que o debate prossegue; rádios e jornais recebem diariamente numerosas cartas, contra o PT ou a favor dele. Com o que mantém-se alta a temperatura do caldeirão político porto-alegrense.

O PT é um reflexo do inconformismo urbano. Mas há outros tipos de inconformismo, por exemplo, aquele dos descendentes dos imigrantes que se vêem privados de sua terra. No início, essas pessoas se resignavam ao êxodo rural; mas então um movimento surgiu para reinvindicar terras, o MST, Movimento dos Sem-Terra, fundado em 1984. E, ainda entre os descendentes de imigrantes, apareceu uma outra forma de protesto, desta vez contra a deterioração do meio ambiente. O movimento ecológico, nascido no Rio Grande do Sul e tendo como expressão José Lutzemberger, tem raízes longínquas; podemos encontrar a idéia de proteção da natureza no romantismo alemão – em Goethe, por exemplo. Só que agora não se trata apenas de uma atitude lírica, mas sim de uma militância decidida, à qual não falta uma base científica.

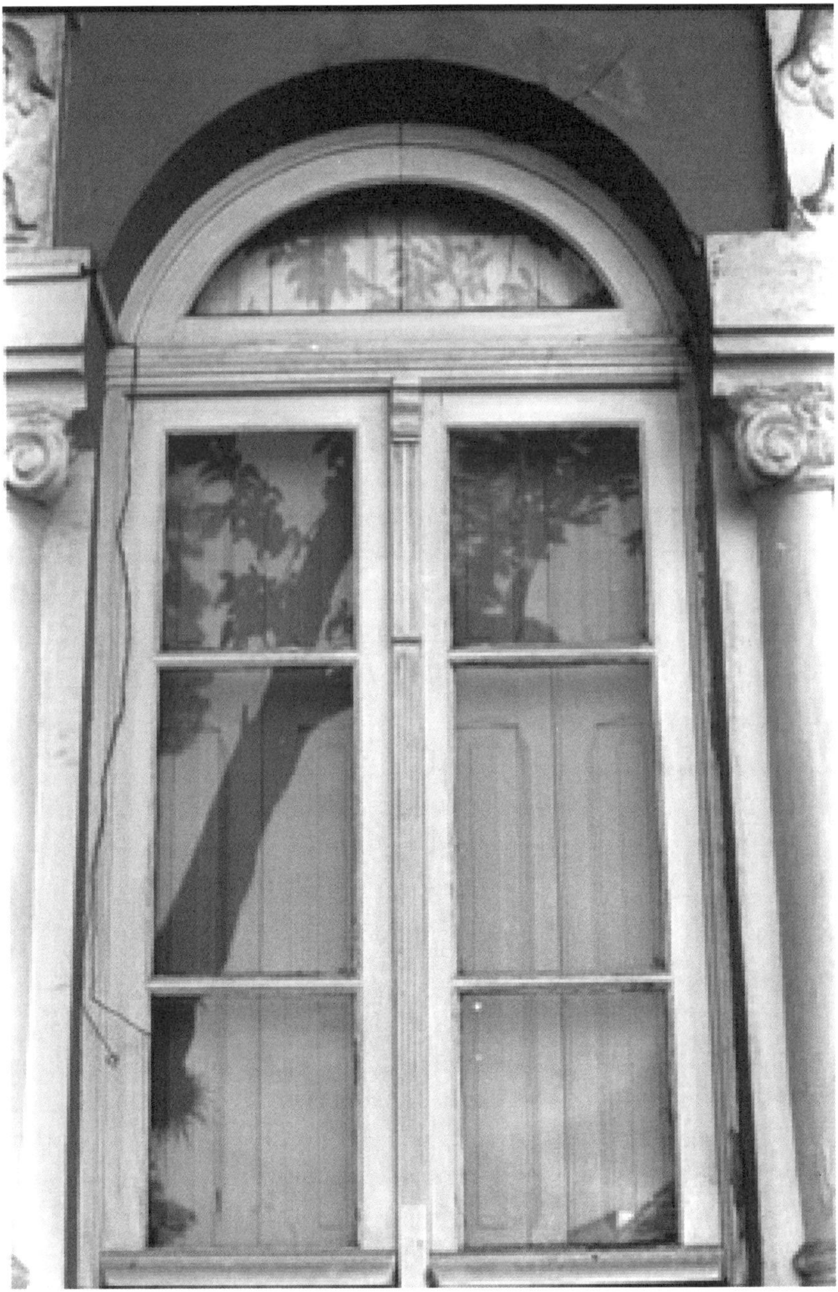

O porto-alegrês

Existe, sim, um idioma peculiar de Porto Alegre, formado de palavras e expressões típicas da cidade, codificadas até num livro: o *Dicionário de porto-alegrês* de Luís Augusto Fischer, professor de literatura brasileira na Universidade Federal do Rio Grande do Sul. E como se originou o porto-alegrês? Em primeiro lugar, do gauchês. Este, por sua vez, resulta de várias influências. O modo de vida do gaúcho fornece vários termos típicos, como bombacha, pala, poncho, tirador (espécie de avental de couro usado pelo laçador), guaiaca (cinta de couro largo para guardar dinheiro e documentos). Além dos termos, existem as expressões: "na ponta dos cascos" designa a situação do sujeito pronto para a ação, em grande forma – como o cavalo que, no momento da largada para a corrida, está na ponta dos cascos. A vizinhança com o Uruguai e a Argentina – na fronteira, freqüentemente as pessoas são bilíngües – evidencia-se em expressões como "a la putcha", "a la fresca", "a la merda", que refletem espanto, admiração, indignação; e em "retoço", namoro com contato físico, com amasso – que vem do espanhol *retozo*. E, finalmente, as comparações.

Ah, as comparações. São a expressão mais corrente do humor gaúcho. Dizem que, numa comparação, um dos lados acaba ofendido, mas isto não impede o gaúcho de comparar: "Mais aflito que cego em tiroteio", "Mais atrapalhado que cusco [cachorro] em procissão", "Vira-se mais que bolacha em boca de velho", "Mais cheio que penico em baile de campanha", "Mais curto que estribo de anão", "Mais sofrido que joelho de freira na Semana Santa", "Mais difícil que nadar de poncho" – a seção *Almanaque Gaúcho* (*Zero Hora*) registra centenas dessas comparações.

TU E VOCÊ

O gauchês também se expressa no sotaque, no modo de falar. Por exemplo, o "tu", diferente do "você" usado pelos brasileiros em geral. Não se trata da diferença que existe, no francês, entre o "tu" e o "vous", o primeiro sendo mais íntimo, o segundo mais distante, mais respeitoso. Respeito, no Brasil, se traduz pelo emprego de "senhor": "O senhor permite que eu faça tal coisa?" "Você", que vem de "Vossa Mercê" (via "vosmecê"), deveria traduzir uma reverência ainda maior. Mas o trópico tem a capacidade de minar tais hierarquias, e assim "você" passou a traduzir intimidade, como deveria ser o caso com o "tu". Este, porém, soa algo brusco, em primeiro lugar porque é uma única sílaba, e composta de duas letras não muito amáveis. "Você", pelo contrário, é mais arrastado, mais malemolente, se vocês quiserem. Além do que tem a sedutora sibilância do "cê", a mesma sedutora sibilância do "psiu": em *Os dragões do éden*, o cientista e escritor Carl

Sagan levanta a hipótese de que esse som imita o sibilo da serpente, aquela mesma serpente que induziu Eva ao pecado.

Minha tese é de que os gaúchos não se sentem inteiramente cômodos com o "tu"; os locutores esportivos, por exemplo, de há muito mudaram para o "você". Mas esse "você", de outra parte, tem uma certa conotação formal. Quando uma jovem porto-alegrense quer manter a certa distância o rapaz a quem acabou de ser apresentada, e cujas intenções ignora, usará o "você". O gaúcho usa o "tu" com o verbo na terceira pessoa: "Tu gostou do filme?".

Outras contribuições

Ao gauchês outras contribuições se juntaram. Através, por exemplo, de nomes próprios incorporados à linguagem. Há um doce de leite muito popular, cuja marca, "Mumu", tornou-se, por razões óbvias, sinônimo de coisa agradável, fácil de ingerir: "Esse trabalho é mumu", "Estou vendo que tu queres mumu". Ou de expressões de caráter histórico: "abobado da enchente" refere-se à enchente que, em 1941, deixou sob a água boa parte do centro de Porto Alegre. "Certo, Méri?" é a pergunta que se faz (ou se fazia; gírias nascem e morrem) para saber se o interlocutor concorda com uma afirmação qualquer. Por quê? Porque esta era a pergunta que um cantor e compositor muito popular, Vitor Mateus Teixeira, o Teixeirinha, volta e meia fazia à sua parceira de programas de rádio, Méri Terezinha, gaiteira e cantora.

Há expressões que, surgidas de maneira obscura, tornam-se extremamente populares, um marco cultural quase. É o caso do famoso (em Porto Alegre) "deu pra ti" e seus equivalentes "deu pra tua bola" ou "deu pra tua bolinha". Em resumo, essa expressão equivale a um basta, mas é mais do que isto: o cara a quem é dirigida fica sabendo que essa é uma reprovação definitiva, motivada pela inépcia, pela chatice, pela inoportunidade: "Deu pra ti, cara, não me procura mais". A expressão, muito significativamente, tornou-se popular no final dos anos 70, quando "Deu pra ti, anos 70" foi o título de uma composição de Kleiton e Kledir, de um show de música popular e de um curta-metragem.

Mas não basta ler essas expressões; é preciso ouvi-las da boca de um porto-alegrense. É o caso do "bá". Vocês podem ter lido em muitos textos um "bah" como interjeição. Não é a mesma coisa. O "bá" porto-alegrense se acompanha de uma expressão de ingênua, mas suspeitosa, incredulidade, ou então de igualmente ingênua admiração, expressões essas que ninguém verá numa face carioca ou baiana. Fica ainda mais típica se completada com o "tchê" gaúcho: "Mas bá, tchê!". Da mesma maneira caracteriza o gaúcho em geral, e o porto-alegrense em particular, o modo de dizer barbaridade, do qual o "bá" é muito provavelmente uma abreviatura. Como observa Fischer: "Se queremos dizer que alguém é mal-educado, dizemos que ele é 'grosso uma barbaridade'; se uma mulher é bonita, é bonita 'uma barbaridade', sempre com aquele acento".

Antecedentes históricos

A gíria porto-alegrense é, como todas as gírias, extremamente dinâmica. Algo que constatei por experiência própria. Em 1979, escrevi uma pequena novela chamada *Os voluntários* (Porto Alegre, Editora L&PM), cujo título aludia à rua Voluntários da Pátria, sede de lojas e de bordéis. Nela eu descrevia o sábado à noite de adolescentes porto-alegrenses antes da revolução sexual dos anos 60:

"Nos sábados à noite a gente vestia uma roupinha tranchã, com uma gravata bodosa. Saíamos de casa e íamos para o ponto de encontro, a porta do Cine-Teatro Coliseu. E nos cumprimentávamos com expressões típicas: qual é o pó [*Atenção! Esse pó não era cocaína, coisa que sequer conhecíamos. Era pó mesmo. Agora, por que pó, isso eu não sei dizer*], o que é que há com o teu peru. E nos tratávamos por balaqueiro, ou morfético, ou babica, ou babaquara, ou abobado da enchente.

Nosso problema era mulher. Que fazer para arranjar uma? Uns falavam em caçar empregadosas, ao que outros respondiam: a pé, sem cafão, não dá. Se uma balzaca, ainda que feia, dava bandeira para um de nós, o estimulávamos, entre solidários e invejosos: vai lá, boca aberta, estás com o maior abrão, pô. Em geral o cara se encolhia, resmungando as desculpas usuais: conheço essa coroa, é casada, o marido é de Bagé. O que provocava o deboche usual: o cara não era de nada, esquentava banana, acocava na boneca –

era puto, enfim. O ofendido garantia que não tinha perdido nada (grande áfrica, aquela dona) e que não ficaria sapateiro.

'Chega aqui, bem', chamavam as mulheres da Voluntários. Não podíamos. Éramos uns pelados. Não tínhamos dinheiro para fretar uma muca."

Entenderam? Ou precisam de um Champollion para ajudar a decifrar esta linguagem? Talvez. Como saber que "tranchã" é uma corruptela do francês "trenchant"? Que "abrão" não tem nada a ver com o patriarca bíblico, mas se refere ao cara sortudo, ao cara que está com o cu aberto – abrão? E que "muca" é a abreviatura de "muquirana", aquele persistente inseto? A gíria tem razões que a própria razão desconhece, e Porto Alegre disso é um exemplo maior.

Quem és tu, porto-alegrense?

(Algumas considerações sobre o problema da identidade urbana)

E aqui está, como dizem os americanos, a pergunta de dois milhões de dólares: existe uma identidade porto-alegrense? A questão é perfeitamente cabível. Para o estrangeiro (a não ser que se trate dos *hermanos* argentinos e uruguaios) a resposta é muito difícil. Para começar, as pessoas no exterior não têm a mínima idéia acerca desse lugar, Porto Alegre. Rio, São Paulo ou Salvador podem ser nomes familiares; na continuação da conversa, mar, praia, mulheres bonitas, futebol provavelmente serão mencionados. Mas Porto Alegre? Onde fica? No extremo sul do Brasil? Mas onde é o extremo sul do Brasil? Ah, sim, perto de Buenos Aires (suspiro aliviado: enfim, uma referência conhecida).

Ao longo do tempo, o Brasil aprendeu a caracterizar o carioca como alegre, folgazão, cuca-fresca, e o paulista como sério, trabalhador e meio quadrado. Mas isto veio de uma época em que o mineiro era aquele tipo ingênuo que ia para o Rio da Janeiro e comprava um bonde. Agora que não existem mais bondes, será que essa definição ainda cabe? Será que as outras definições cabem? Será que não se trata tudo de estereótipos, resultantes de nossa invencível compulsão para simplificar, para classificar – para caricaturizar? Claro, hoje em dia existem formas mais científicas, digamos assim, de avaliar diferentes perfis psicológicos. Questionários são aplicados, resultados são tabulados e submetidos à análise estatística. Não conheço nenhum trabalho desse tipo referente às identidades urbanas no Brasil. Mas suspeito de que as diferenças já não são tão grandes como se poderia imaginar. Em primeiro lugar, o Brasil é hoje muito mais uma unidade cultural do que uma soma de regionalismos, um país que vê os mesmos programas na tevê, que lê as mesmas manchetes nos jornais e que, sobretudo, enfrenta os mesmos problemas: a insegurança social, a violência. Estamos – cariocas, paulistas, porto-alegrenses – mais parecidos do que diferentes.

Se, apesar dessas ponderações, me pedissem para traçar um perfil do porto-alegrense, eu o faria com base em certos comportamentos. Para começar, eu diria que o porto-alegrense está mais para o retraído do que para o efusivo. Quando a gente anda pela rua, o que se vê são fisionomias sérias, compostas. Essa seriedade aparece em uma série de coisas: o carnaval porto-alegrense, por exemplo, não tem aquele brilho feérico que se vê no Sambódromo do Rio. O Entrudo – a versão mais antiga do festejo de Momo –, introduzido pelos açorianos, encontrou forte oposição. Um projeto de lei de 1832 punia os foliões com até oito dias de cadeia. Mais tarde, com o advento do automóvel, surgiram os desfiles de rua. Finalmente, o carnaval transformou-se, para a classe média e alta, numa festa de salão; o carnaval de rua – este sim, vibrante, ainda que modesto – corre muito à conta dos moradores de vilas populares.

Um outro característico do porto-alegrense é uma espécie de desconfiado assombro em relação às coisas, sobretudo quanto às novidades. Quando começou-se a usar o bip, um médico, amigo meu, esqueceu o equipamento em um táxi. Sem notá-lo, o motorista dirigiu-se para o centro da cidade, onde estacionou num ponto. De súbito, o bip começou a soar. Imediatamente uma multidão reuniu-se em torno ao veículo, todos querendo ver o estranho objeto. De imediato surgiu a certeza de que aquilo era uma bomba, e que podia explodir; apesar disso, as pessoas não iam embora. De vez em quando recuavam, assustadas, mas logo voltavam a se reunir em torno ao táxi – até que finalmente alguém esclareceu o mistério.

Uma coisa que um porto-alegrense adora é encontrar outro porto-alegrense no exterior. Se um dos dois está ausente há muito tempo, é certo que perguntará sobre o clima ("Muito frio lá na nossa terra?") e sobre futebol ("Como é que está o Inter? E o Grêmio?"). Mas o mais importante é que esse encontro sempre resultará numa alegria inesperada. Lembro-me, uma ocasião em que, estando em Nova York, fui assistir à maratona. Ali estava eu, sozinho, olhando os corredores que passavam, alguns vestidos de maneira pitoresca, mas todos inteiramente desconhecidos para mim. De repente vi alguém envolto em uma bandeira brasileira – e pus-me a aplaudir. Ele me olhou – e era um porto-alegrense! Um porto-alegrense ali, na maratona de

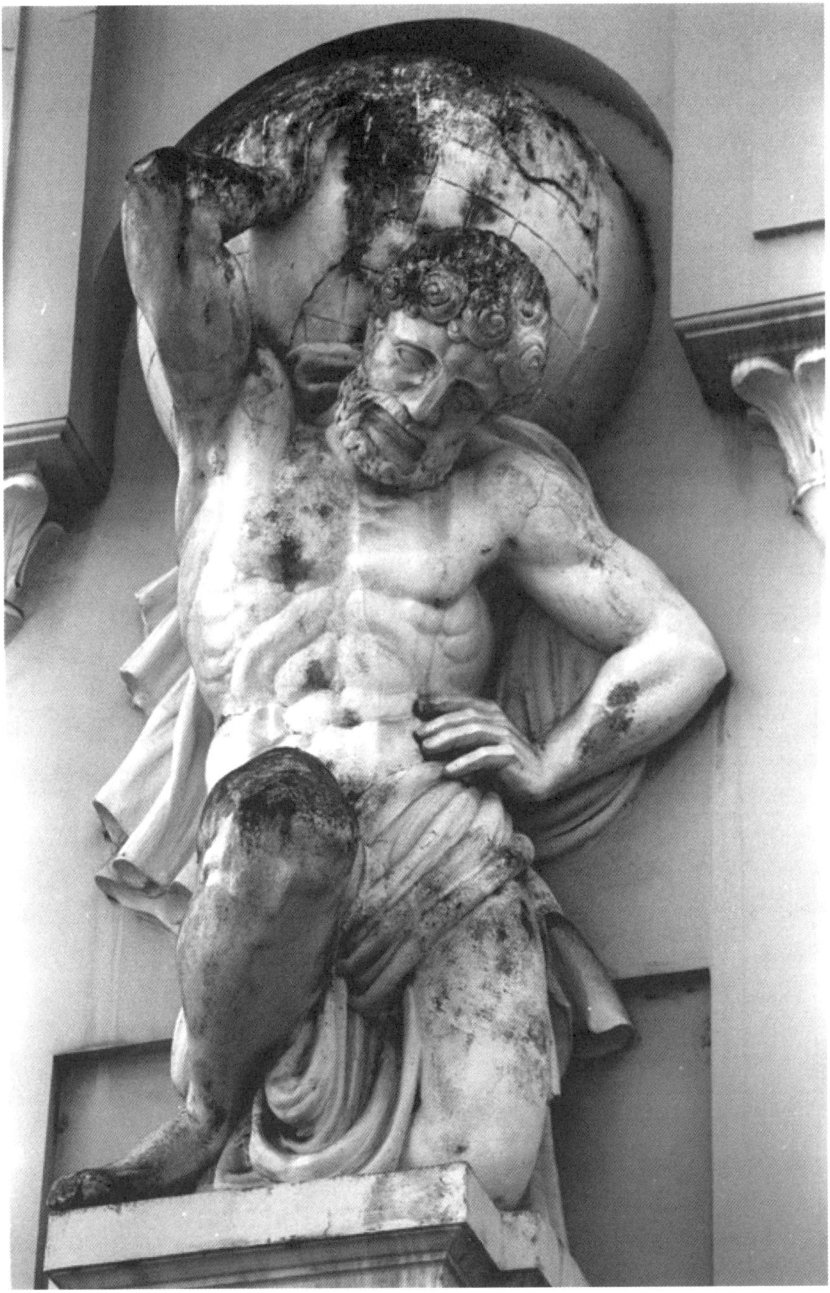

Nova York! Só não parou, claro, porque estava cumprindo uma missão, como é a corrida para qualquer atleta; mas naqueles poucos segundos trocamos várias, e entusiastas, saudações.

Há vários outros característicos do porto-alegrense, referentes a costumes da cidade aqui abordados, e resumidos pelo jornalista Roger Lerina (*Zero Hora*) da seguinte maneira:

1. *Divide o domingo entre antes e depois da passadinha no Brique;*

2. *A partir de julho, pára de comprar livros para aproveitar os descontos e as ofertas da Feira na praça da Alfândega;*

3. *Odeia o Muro da Mauá;*

4. *Fala mal das praias gaúchas, mas nunca recusa aquele convite do cunhado para passar o fim de semana em Imbé;*

5. *Desfila na rua com cuia e garrafa térmica. Este é um característico especialmente notável. Se houvesse um astronauta porto-alegrense, esses seriam os primeiros acessórios que ele exigiria para sua viagem espacial;*

6. *Ama e odeia o Partido dos Trabalhadores, sem meio-termo;*

7. *Acredita que a última batalha não será entre o Bem e o Mal, entre as Luzes e as Trevas, mas entre gremistas e colorados;*

8. *Em uma tarde, consegue mostrar todos os "pontos turísticos" da cidade aos amigos que vêm de fora;*

9. *Acha que Porto Alegre tem quase todos os defeitos de uma cidade grande e algumas desvantagens das cidades pequenas, mas seria capaz de partir para a briga com qualquer estrangeiro que ousasse dizer uma barbaridade dessas;*

10. *Acredita piamente que existe comprovação científica para o fato de o pôr do sol no Guaíba ser o mais bonito do planeta.*

Este é um retrato do habitante de Porto Alegre. E com este retrato deixamos a cidade que pode não ser um recanto do Éden na Terra, mas é a cidade que o porto-alegrense não trocaria por lugar algum.

Bibliografia

Bertaso, José Otávio. *A Globo da rua da Praia.* Porto Alegre: Globo, 1993.

Damasceno, Athos. *Colóquios com a minha cidade.* Porto Alegre: Globo, 1974.

Coruja, Antônio Alvares Pereira. *Antigualhas: reminiscências de Porto Alegre.* Porto Alegre: Erus, 1974.

Fischer, Luís Augusto. *Dicionário de porto-alegrês.* Porto Alegre: Artes & Ofícios. 9ª Ed., 2000.

Flores, Moacyr. *História do Rio Grande do Sul.* Porto Alegre: Martins Livreiro Editor, 1986.

Franco, Sérgio da Costa. *Porto Alegre: guia históri-co.* Porto Alegre: Ed. da UFRGS, 1988.

Freitas, Décio. *O maior crime da Terra: o açougue humano da rua do Arvoredo.* Porto Alegre: Sulina, 1996.

Meyer, Augusto. *Segredos de infância.* Rio de Janeiro: O Cruzeiro Editora, 1966.

Oliveira, Clóvis Silveira de. *A fundação de Porto Ale-gre: dados oficiais.* Porto Alegre: Ed. Norma, 1987.

Paixão Côrtes, J. C. *O Laçador: história de um símbolo.* Porto Alegre: Prefeitura Municipal de Porto Alegre, 1994.

Pesavento, Sandra Jatahy. *A revolução farroupilha.* São Paulo: Brasiliense, 1985.

____ *Memória Porto Alegre: espaços e vivências.* Porto Alegre: Prefeitura Municipal/ Ed. UFRGS, 1991.

Pinto, Céli Regina J. *Positivismo: um projeto político alternativo (RS: 1889-1930).* Porto Alegre: L&PM, 1986.

Riopardense de Macedo, Francisco. *Porto Alegre: origem e crescimento.* Porto Alegre: Sulina, 1968.

Ruschel, Nilo. *Rua da Praia.* Porto Alegre: Prefeitura Municipal de Porto Alegre, 1971.

Sá Jr., Renato Maciel de. *Anedotário da rua da Praia.* Porto Alegre: L&PM Editores, 1995.

Sanhudo, Ary Veiga. *Porto Alegre: crônicas de minha cidade.* Porto Alegre: Instituto Estadual do Livro/ Universidade de Caxias do Sul, 1979.

Soares, Mozart Pereira & Silva, Pery Pinto Diniz da. *Memória da Universidade Federal do Rio Grande do Sul, 1934-1964.* Porto Alegre: UFRGS, 1992.

Verissimo, Luis Fernando. *Traçando Porto Alegre.* Porto Alegre: Artes & Ofícios. 6ª Ed., 1966.

Sobre o autor

Moacyr Scliar (Porto Alegre, 1937) é autor de uma vasta obra, com títulos de ficção, ensaio, crônica, literatura juvenil. Seus livros foram publicados nos Estados Unidos, França, Alemanha, Espanha, Portugal, Inglaterra, Itália, Tchecoslováquia, Suécia, Noruega, Polônia, Bulgária, Japão, Argentina, Colômbia, Venezuela, Uruguai, Canadá, Israel, México, Rússia e outros países, com grande repercussão crítica. É detentor dos seguintes prêmios, entre outros: Prêmio Academia Mineira de Letras (1968), Prêmio Joaquim Manoel de Macedo (Governo do Estado do Rio, 1974), Prêmio Cidade de Porto Alegre (1976), Prêmio Brasília (1977), Prêmio Guimarães Rosa (Governo do Estado de Minas Gerais, 1977), Prêmio Jabuti (1988 e 1993), Prêmio Casa de las Americas (1989), Prêmio Pen Club do Brasil (1990), Prêmio Açorianos (Prefeitura de Porto Alegre, 1997), Prêmio José Lins do Rego (Academia Brasileira de Letras, 1998), Prêmio Mário Quintana (1999), Prêmio Jabuti (2000).

É colunista dos jornais *Folha de São Paulo* e *Zero Hora*; colabora com vários órgãos da imprensa no país e no exterior. Tem textos adaptados para o cinema, teatro, tevê e rádio, inclusive no exterior. É membro da Academia Brasileira de Letras. Porto Alegre é um cenário freqüente para suas obras de ficção e um tema preferido nas crônicas.

setembro de 2004

IMPRESSÃO:

GRÁFICA EDITORA
Pallotti
IMAGEM DE QUALIDADE

Santa Maria - RS - Fone/Fax: (55) 222.3050
www.pallotti.com.br
Com filmes fornecidos.